사냥꾼 두실

마루비 어린이 문학 22

사냥꾼 두실

초판 1쇄 인쇄 2025년 1월 10일 | 초판 1쇄 발행 2025년 1월 15일
글 지슬영 | **그림** 임나운 | **펴낸이** 박미경
펴낸곳 마루비 | **출판등록** 제2016-000014호 | **주소** 서울특별시 마포구 마포대로 33 오동 2310호
전화 02-749-0194 | **팩스** 02-6971-9759 | **전자우편** marubebooks@naver.com

© 지슬영, 임나운 2025

ISBN 979-11-91917-60-4 74810
ISBN 979-11-955121-8-8(세트)

이 도서의 국립중앙도서관 출판예정도서목록(CIP)은 서지정보유통지원시스템 홈페이지에서 이용하실 수 있습니다.

사냥꾼 두실

지슬영 글 | 임나운 그림

마루비

차례

1. 범이 나타났다

새파란 하늘로 매 한 마리가 원을 그리며 날았다. 버드나무 그늘에 앉아 있던 두실이 고개를 들어 버들산 위에서 맴을 도는 매를 바라보았다.

"꿩이라도 한 마리 봤나 보다."

두실의 말에 흰달도 하늘로 눈길을 돌렸다.

"에잇! 우리 꿩인데 저놈한테 뺏겼네."

두실과 흰달은 눈을 마주치자마자 킥킥대며 웃었다. 두실과 흰달이 태어난 지 아홉 해, 얼마 뒤면 첫 사냥이 시작될 터였다. 물론 그 전에 그물에 돌멩이 추를 다는 숙제를 잘 마쳐야 할 것이다.

버들강 줄기를 따라 자리를 잡은 버들숲 마을은 움집이 스무 채 정도 있는 제법 큰 살림터였다. 두실과 흰달은 이곳에서 태어나 함께 자랐다. 첫 사냥에 성공하면 사냥꾼 무리에 들어가 마을 사람들이 함께 먹을 고기를 구할 것이다. 사냥꾼이 된다는 건 마을을 책임진다는 뜻이기도 했다. 사냥으로 얻은 고기는 농사를 지어 얻은 곡물로는 채울 수 없는 중요한 먹을거리였으니까.

"두실아, 진짜 떨리지 않니? 우리가 사냥꾼이 된다니. 난 요즘 매일매일 첫 사냥 나가는 꿈을 꾼다니까!"

흰달이 한껏 들뜬 목소리로 말했다. 두실은 이내 어두운 얼굴이 되었다. 흰달이 첫 사냥을 기대하는 것과 달리 두실은 첫 사냥 나갈 생각만 하면 오금이 저렸다. 할 수만 있다면 도망이라도 치고 싶은 심정이었지만 아무에게도 그런 말은 할 수 없었다. 겁쟁이라고 놀림 받을 것이 뻔했으니까. 하지만 흰달이라면 타박 없이 두실의 고민을 잘 들어줄 것 같았다. 두실은 용기를 냈다.

"난 이렇게 그물 만들고, 화살촉이나 갈고, 그런 게 더 마음 편하더라. 희한하지?"

두실이 물었지만 흰달은 아무 대답 없이 벙실벙실 웃기만 했다. 이미 사냥이라도 나간 듯 마음이 달떠 두실의 말을 제대로

듣지 못한 것이다. 두실이 입을 삐죽이는 사이 아침나절 사냥을 나갔던 바우가 기장밭을 가로질러 뛰어왔다. 몹시 급한 모습이었다.

"어? 바우 형 왜 저러지?"

두실이 말하자마자 바우가 소리쳤다.

"범! 범이 나타났어요!"

바우의 외침에 밭을 돌보고 나무 열매를 줍던 사람들이 놀라 몸을 일으켰다. 범이 마을까지 들어온다면 살림터가 쑥대밭이 되는 건 시간문제였다. 마을 가까이 오기 전에 막아야 했다. 아니나 다를까 사냥꾼들이 두실의 집 앞으로 모여들기 시작했다. 두실과 흰달도 얼른 하던 일을 멈추고 달렸다.

두실은 달덩이처럼 커진 눈으로 집 앞에 서 있는 아버지를 바라보았다. 두실의 아버지는 마을 사냥꾼들의 우두머리였다.

"경험이 많은 다섯 명만 움직입니다. 나머지는 마을에 남아 여자와 아이들을 지킵니다. 무기를 들고 나를 따르시오."

두실 아버지, 큰뫼의 목소리에 사냥꾼들이 활과 창, 돌도끼 같은 것을 챙겼다.

"큰뫼! 그물도 챙깁시다!"

흰달 아버지, 달새의 외침에 큰뫼가 고개를 끄덕였다. 그걸 보는 두실은 가슴이 쿵쿵 뛰었다. 흰달이 두실의 어깨에 손을 올리며 말했다.

"우리도 따라가자."

"뭐? 안 돼! 이럴 때 아이들이 따라가면 안 된다고 하셨잖아."

"그럼 안 볼 거야? 범을 잡는데? 우리도 봐 놔야 나중에 범이 나타나면 잡을 거 아냐."

"아니, 흰달아. 범을 잡는 게 아니라 쫓아내는 거잖아. 우리 마을 사람들은 범 사냥을 하지 않아. 그럼 안 된다고 했잖아. 범은 함부로 잡는 게 아니라고, 범 잡으려다 사람 잡는다고."

"어휴, 이 답답아. 쫓아내지 못하면 그땐 어쩔 건데? 잡을 생각이 아니면 그물을 뭐하러 가져가냐?"

두실은 달새 아저씨의 어깨에 걸쳐진 그물을 쳐다봤다. 물고기를 잡을 때나 쓰는 그물을 챙긴 것이 이상하게 느껴졌다. 더러 곰 같은 맹수 사냥을 나갈 때 그물을 가져간다는 말은 들은 적 있지만 막상 보니 모든 게 얼떨떨하기만 했다. 저 그물을 던져 범을 잡으려면 범 코앞까지 다가가야 가능할 것이다. 머릿속에 상황이 그려지자 번뜩 겁부터 났다.

'어휴, 달새 아저씨가 나서는 일은 없어야 할 텐데……'

"두실아, 가자. 응? 범 구경은 아무 때나 할 수 있는 게 아니잖아, 응?"

흰달의 반짝이는 두 눈을 보자 두실도 마음이 흔들렸다.

"그래, 우리도 곧 사냥꾼이 될 거니까. 그렇지?"

"당연하지!"

흰달이 씩 웃더니 두실에게 고갯짓을 했다. 곧 두 아이는 커다란 버드나무 뒤로 숨어 사람들 무리에서 사라졌다. 그리고 강가 풀숲으로 들어가 사냥꾼들의 뒤를 쫓기 시작했다.

버들산 중턱, 풀숲에 몸을 숨긴 범과 사냥꾼들이 서로의 움직임을 노려보고 있었다. 큰뫼 곁에 몸을 숙인 달새가 속삭였다.

"내가 그물을 던지겠네."

"아니야. 잠시만 기다려. 내 저 앞쪽 나무까지만 가서 활을 쏠게. 그냥 달려들었다간 뼈도 못 추려. 저놈 덩치가 보통이 아니라고."

달새는 몹시 아쉬워하는 눈빛이었지만 이내 고개를 끄덕였다. 큰뫼가 조심조심 풀숲 사이로 움직여 목표로 정했던 나무 근처로 갔다. 뒤쪽에 있던 사냥꾼들이 일부러 돌멩이를 다른 곳으로 던지며 범의 주의를 끌었다. 흰달과 함께 나무를 타고 올라 그 모습을 지켜보던 두실은 저도 모르게 온몸에 힘이 들어갔다.

'제발, 아무 눈치도 못 채야 해…….'

두실은 풀숲 사이에 한껏 몸을 낮춘 범을 바라보았다. 양 눈 위쪽으로 활처럼 휘어지는 세 개의 검은 줄무늬, 콧잔등 깊숙이 베인 상처, 날카로운 눈빛과 검은 줄무늬를 보고 있자니 손발이 파르르 떨려 왔다. 곧 두실의 눈길은 나무 뒤에서 몸을 일으키는 큰뫼에게 닿았다.

'아버지, 제발요!'

큰뫼가 활에 화살을 끼웠다. 큰뫼의 눈길과 달새의 눈길이 맞부딪쳤다. 큰뫼가 고개를 끄덕이자 달새가 뒤돌아 곁에 있던 사냥꾼들에게 고갯짓을 했다. 사냥꾼들이 돌촉이 달린 창을 손에 꽉 쥐었고 달새는 양손으로 그물을 움켜쥐었다. 무언가 기운을 느꼈던지 범이 그르렁대는 거친 호흡 소리가 풀숲 사이를 휘감았다. 갑자기 휙, 나무 밖으로 몸을 내민 큰뫼가 활시위를 당겼다. 곧이어 '크와아아앙!' 범의 울음소리가 났다.

오른쪽 뒷다리에 화살이 박힌 범은 몹시 화가 난 듯 몸을 이리저리로 흔들며 포효했다. 그 소리가 어찌나 컸던지 온 버들산을 울리고도 모자라 저 아래 마을까지 닿을 듯했다.

"내가 간다!"

달새가 앞으로 뛰쳐나가며 그물을 던지려는 순간, 몸을 비틀어 대던 범이 앞으로 달려 나왔다.

"안 돼! 달새애애애!"

큰뫼가 소리쳤다. 범은 눈 깜짝 할 사이 머리로 달새를 들이받았고 정신을 잃은 달새는 공중으로 붕 떠올랐다가 바닥으로 툭 떨어져 내렸다. 엎어진 채 옴짝달싹도 하지 않는 달새를 보고 사냥꾼들이 다시 창을 던졌지만 어느새 저만큼 뒤로 물러난 범의 입에 달새의 다리가 물려 있었다.

"아버지!"

흰달이 나무에서 풀썩 떨어져 내리더니 범을 쫓아 달리기 시작했다. 깜짝 놀란 두실도 얼른 나무에서 뛰어내렸다.

"안 돼, 흰달아! 안 돼!"

두실이 소리쳤지만 이미 흰달은 창을 들고 서 있던 사냥꾼들을 지나쳐 범에게 가까워지고 있었다. 범 역시 자신을 향해 뛰어오는 흰달을 보았는지 입에 물고 있던 달새의 다리를 뱉어내고 흰달 쪽으로 달리기 시작했다.

'막아야 해!'

두실은 앞뒤 생각하지 않고 힘껏 달려 흰달의 몸 위로 제 몸을 날렸다. 두실과 흰달이 함께 풀밭으로 철퍼덕 넘어졌다. 곧 '휙, 휙!' 창 날아가는 소리, '탁, 탁!' 화살이 꽂히는 소리가 났다.

"흐흐흑, 아버지……."

두실 아래 깔린 흰달이 서럽게 울기 시작했다. 곧 사냥꾼들이 다가와 두 아이를 일으켰다.

"여길 오면 어떡해! 다 죽을 뻔했잖아!"

범이 나타났다는 걸 알렸던 바우가 흰달의 멱살을 잡고 화를 냈다. 흰달은 고개도 제대로 들지 못한 채 꺽꺽 울기만 했다. 큰뫼가 성큼성큼 다가와 바우가 멱살잡이 한 손을 풀어냈다.

"두어라. 이 아이는 지금 아버지를 잃었다."

흰달이 풀썩 쓰러지자 큰뫼가 흰달의 어깨를 꽉 잡았다.

"흰달아, 아버지 덕에 마을 사람들이 살았다. 슬프겠지만 그렇게 생각해 주렴. 그래도 네 덕에 아버지 무덤은 만들어 드릴 수 있게 됐구나."

흰달은 멍한 눈으로 저 앞을 바라봤다. 흰달의 눈길을 따라 두실도 고개를 돌렸다. 범은 온데간데없이 사라졌고 꼼짝없이 쓰러진 달새 아저씨만 눈에 들어왔다. 저절로 눈물이 차올랐다.

"저놈도 살려는 것이었고, 우리도 살려는 것이었으니 오늘 일은 잊어야 한다. 그놈 오른쪽 궁둥짝에 화살 하나가 박혔으니 그놈도 편히 살지는 못할 거다."

큰뫼의 말에 흰달이 숨죽여 울었다. 두실은 말없이 흰달을 꼭 안아 주었다. 가을이 깊어 가는 어느 날이었다.

2. 비를 부르는 노래

해가 여러 번 바뀌어 두실과 흰달은 열두 살이 되었다. 두실은 아침 일찍 강가에 나가 조개껍데기를 찾았다. 어젯밤 내내 머릿속을 떠나지 않던 것을 빨리 만들고 싶었다.

"이거보다는 조금 커야 하는데……."

두실은 조개를 집었다가 다시 내려놓기를 반복하며 적당한 것을 고르고 있었다. 강물이 줄어들어 꽤 깊은 곳까지 조개를 주우러 갈 수 있었다. 저만큼 앞에 햇볕에 반사된 하얀 조개껍데기가 보였다.

"어? 저거다!"

두실은 조개를 주워들었다. 손바닥 크기에 따로 상처 난 곳

없이 말끔한 조개껍데기였다. 이제 자그마한 조개들이 필요했다. 두실은 그릇 가득 조개를 담고 또 담았다. 막상 만들기를 하려고 보면 마음에 들지 않아 버리는 것이 반이었고, 만들다가 실수를 해서 버리는 것도 많았다. 그러니 재료는 많을수록 좋았다.

어느 정도 조개를 모은 두실은 늘 가던 강가 버드나무 아래 자리를 잡았다. 시원한 그늘 아래에서 조개 목걸이를 만들 생각에 벙실벙실 웃음이 났다. 조금 큰 조개껍데기는 아버지 것, 작은 것은 어머니를 위한 거였다.

두실은 조개껍데기를 잡고 돌칼 끝으로 구멍을 뚫어야 하는 곳을 표시했다. 아버지의 눈, 코, 입을 만들 생각에 신바람이 났다. 세상 누구도 갖지 못한 목걸이, 자신의 얼굴과 닮은 조개 목걸이라니 이 얼마나 멋진 일인가! 두실은 아버지와 어머니가 자신이 만든 목걸이를 걸고 기뻐할 모습을 상상하며 바삐 손을 놀렸다.

어머니의 목걸이는 작은 조개들도 함께 매달아 훨씬 화려하게 만들었다. 두실이 생각에 어머니는 화려한 것이 잘 어울렸다. 흙으로 빚은 그릇에 새겨진 무늬만 봐도 그랬다. 어머니가 만든 그릇엔 빗살이나 물결 모양이 다양하고 화려하게 새겨져 있어서 마을 사람들이 탐을 내기 일쑤였고 곧 비슷한 모양이

유행했다.

"다 됐다!"

두실이 뿌듯한 마음으로 목걸이를 바라보는데 갑자기 눈앞으로 그림자가 졌다. 흰달이 숨을 씩씩대며 서 있었다.

"어? 왜 그래, 무슨 일 있어?"

두실의 물음에 흰달이 어이없다는 듯 고개를 절레절레 저었다.

"너 여기서 이러고 있으면 어떡해! 큰뫼 아저씨가 너 찾다가 화나셨어."

"어? 아버지가 날 왜?"

"어휴, 답답아! 오늘 비마중 하는 날이잖아."

두실은 너무 놀라 입을 떡 벌릴 뿐 아무 말도 못 했다. '비마중'은 버들숲 마을에 가뭄이 들었을 때 열리는 의식이다. 하늘님께 비를 내려 달라고 빌며 몇 날 며칠 북을 치고 노래를 부르며 춤도 춘다. 그런데 하필 오늘이 그 첫날이었던 것이다.

"빨리 일어나. 얼른 가자고!"

흰달이 재촉했다. 두실은 목걸이만 얼른 허리춤에 챙기고 흰달을 따라 달렸다. 강가를 벗어나자마자 둥둥, 북소리가 울렸다. 이렇게 큰 북소리를 듣지도 못하고 만들기에 정신이 팔려 있었다니, 두실 역시 당황스러울 뿐이었다.

마을 가운데 커다란 버드나무 주위로 사람들이 모여 있는 게 보였다. 버들숲 사람들이 가장 귀하게 여기는 나무로, 별명이 '하늘나무'였다. 사람들은 하늘나무가 하늘과 마을을 이어 주는 역할을 한다고 믿었다.

하늘나무 둘레를 따라 예쁜 꽃과 열매, 지난해 수확했던 조와 수수가 가지런히 놓여 있었다. 그 주위를 둥그렇게 둘러싸고 있는 사람들이 북을 치고 노래를 부르며 더러는 춤을 추기도 했다. 다시 버들강이 풍요로워지고 그 덕에 농사를 잘 지을수 있도록 비를 내려 주십사 하는 바람을 담아 각자의 방식으로 소원을 비는 것이었다.

두실이 급히 사람들 틈으로 섞여 들려는데 뒷덜미가 확 당겨졌다. 돌아보니 아버지였다.

"도대체 어디 있다가 오는 거냐?"

두실은 얼른 허리춤에 넣어 두었던 목걸이를 꺼내 들었다.

"이거 보세요! 이건 아버지 거, 이건 어머니 거!"

두실이 양손에 들어 올린 목걸이를 보고 아버지의 짙은 눈썹이 꿈틀거렸다. 어느새 어머니가 아버지와 두실 사이로 끼어들었다.

"어머나, 세상에! 이것 좀 보세요. 목걸이에요, 목걸이! 어머나, 이건 당신 얼굴을 꼭 닮았네요."

어머니가 조개 목걸이를 높이 추켜올리자마자 아버지가 탁! 쳐냈다. 두실이 놀란 눈으로 바닥에 떨어진 조개 목걸이를 바라보았다. 화난 아버지의 목소리가 두실의 귓가에 왕왕 울렸다.

"버들강이 말라 들어가서 버들숲 사람들 속이 시커멓게 타는마당에 이깟 목걸이나 만들고 있어? 도대체 언제 정신을 차릴셈이야?"

두실의 가슴에 '이깟 목걸이'라는 말이 콕 박혔다. 다른 말은 귀에 들어오지 않았다. 어느새 두실의 눈가로 눈물이 맺혔다.

"너무하세요……."

두실의 말에 아버지가 두 눈을 치켜떴다.

"너무해? 내가 너무한다고? 차라리 마을 사람들 먹으라고 사냥이라도 하고 있었다면 내가 이렇게 화가 나진 않았을 거다. 네 나이 벌써 열둘이야. 여태 첫 사냥도 성공하지 못했으면서 목걸이나 만들고 있어? 이런 걸 만들 시간에 사냥을 하란 말이다!"

어머니가 아버지 앞을 가로막았다.

"어휴, 그만하세요. 거룩한 날이잖아요. 이런 날 화내면 안 돼요. 그만 가요. 사람들이 기다려요."

어머니가 슬쩍 밀자 아버지는 못 이기는 척 뒤돌아섰다. 한걸음 옮기던 아버지가 멈춰 서서 한숨을 푹 쉬더니 목소리를 낮추어 말했다.

"흰달이를 좀 봐라. 어린 나이에 아버지 없이도 저 홀로 훌륭한 사냥꾼이 되었잖니. 얼마나 멋진 사내니. 사내는 사냥꾼이 되어야 하는 법이다. 그게 너를 지키고 가족을 지키고 마을을 지키는 길이야. 만들기 같은 건 이제 집어치워라."

아버지가 사람들 틈으로 돌아갔다. 두실은 그 자리에 우뚝 선 채 울음이 새어나가지 않도록 입술을 깨물었다. 어머니가 다가와 바닥에 떨어졌던 목걸이를 들어올리며 말했다.

"정말 예쁘구나. 우리 두실이는 어쩜 이렇게 손재주가 좋은지."

"어머니."

"응?"

"저 강가에 좀 다녀올게요."

어머니는 두실을 붙잡지 못했다. 그저 축 처진 두실의 뒷모습을 말없이 바라볼 뿐이었다.

두실은 점점 멀어지는 노랫소리를 들으며 눈물을 훔쳐 냈다. 아버지의 눈빛이 자꾸만 떠올랐다. 세상에서 가장 쓸모없는 사람이 된 기분이었다.

'쓸모없는 게 맞지. 열둘이 되도록 첫 사냥도 성공하지 못했으니……'

땅만 보고 걷다 보니 어느새 강가였다. 아까 놔두고 온 조개 그릇을 찾으러 걸어가는데 저만치 앞에 어떤 아이가 강을 바라보며 서 있었다.

'누구지? 뒷모습이 낯선데.'

버들숲 마을 아이라면 두실이 몰라볼 리 없었다. 버들숲 사람들은 함께 농사를 지었고, 함께 사냥을 했고, 함께 열매를

주우러 다녔으며, 함께 놀았으니까. 문득 아이가 뒤돌아봤다. 흠칫 놀란 두실은 그 자리에 멈춰 섰다. 정말로 처음 보는 여자아이였다. 그런 두실을 보고 아이가 살짝 웃었다. 분명히 웃었다. 당황할 새도 없이 두실의 머릿속에 '떠돌이'란 말이 떠올랐다. 떠돌이를 만나면 반드시 마을 어른들께 데려가야 했다. 버들숲 사람들은 떠돌이를 성심껏 대접하면 마을에 큰 행운이 온다고 믿었다.

두실이 다가가자 여자아이가 다시 휙 뒤를 돌더니 물속으로 풍덩, 뛰어들었다.

두실이 멈칫대는 사이 두실을 부르는 소리가 들렸다.

"두실아, 두실아아아아아!"

두실이 돌아본 곳에 흰달이 서 있었다. 흰달의 얼굴이 먹구름이라도 낀 듯 어두웠다.

3. 꿩이 꾸어어엉!

　　두실과 흰달은 함께 버드나무 아래에 앉았다. 오후의 햇살을 받은 강물이 반짝였고 가벼운 바람이 버드나무 가지를 흐트러뜨리는 소리가 났다.

　　"분명 기분이 엄청 안 좋았는데 그 애를 보는 순간 딱 잊어버렸어. 희한하네."

　　두실의 말에 흰달이 두 눈을 게슴츠레하게 떴다.

　　"뭐야, 벌써 짝을 찾은 거야?"

　　"참나! 얼굴도 제대로 못 보고 어디 사는 누구인지도 모르는데 무슨 짝이냐?"

　　두실은 얼굴이 발갛게 달아오르는 느낌이 들어 얼른 말을 돌렸다.

"그나저나 비마중이 아직 안 끝났을 텐데 왜 나왔어?"

"왜 나왔긴. 너 때문에 나왔지. 큰뫼 아저씨도 엄청 속상한 얼굴이더라. 노래하는 내내 눈빛이 어디 다른 데 가 있으시더라고."

흰달의 얘기를 듣던 두실은 풀 이파리를 주워 똑, 똑 끊어 내기만 할 뿐 다른 말은 하지 않았다. 아버지에게 칭찬을 들어 본 게 언제인지 생각나지 않았다. 입만 열면 사냥 얘기뿐, 두실이가 좋아하는 것은 무엇인지, 잘하는 것은 무엇인지, 앞으로 어떻게 살고 싶은지 궁금해하지 않았다. 두실은 그것이 못내 섭섭했지만 티를 낼 수 없었다. 아직 첫 사냥도 성공하지 못한 못난 아들이었으니까.

"두실아, 이상하게 듣지는 말고…… 나랑 같이 사냥 갈래?"

"뭐 언제는 너 혼자 갔니? 내가 들고 간 화살만 쓰면서 뭘 새삼스레."

"아니, 그러니까…… 내가 잡고, 두실이 네가 잡은 것처럼…… 해볼래?"

두실이 날카로운 눈빛으로 흰달을 돌아봤다.

"아니, 두실아. 성내지 말고 잘 들어 봐. 우선은 아버지 마음부터 풀어 드리자 그거야. 첫 사냥에 성공했다고 하면 아버지,

어머니 다 기뻐하실 거고, 걱정도 사라지실 거고, 그럼 네 앞에서 사냥이 이러쿵, 흰달이는 저러쿵 그런 말도 안 하실 거고. 그래야 너도 좀 편해지지 않겠나 싶어서. 뭐 사실 언젠가는 첫 사냥을 해낼 테니까 때를 조금 당겨서 미리 말만 하는 거지."

흰달의 조심스러운 말투에 두실은 이내 고개를 돌려 강을 바라봤다. 한숨이 절로 나왔다. 그놈의 사냥이 뭐라고 이렇게 거짓 사냥꾼 얘기까지 해야 하는지, 서럽기만 했다.

"곧 해가 져서 오늘은 어려울 거고, 내일 일찍 나랑 버들산에 가자. 응? 어차피 첫 사냥은 다른 사냥꾼이 함께 봐 주어야 인정받잖아. 그러니 나랑 가는 게 제일 좋지. 안 그래? 응?"

흰달의 간절한 눈빛을 바라보던 두실은 어머니 얼굴을 떠올렸다. 아버지와 두실 사이에서 언제나 전전긍긍, 이러지도 저러지도 못하고 누구 편도 제대로 들지 못하던 어머니 생각에 마음이 무거워졌다. 결국, 두실은 고개를 끄덕였다.

"그래, 가자. 못난이 아들보단 거짓 사냥꾼이 낫겠어."

다음 날 아침 일찍 두실과 흰달은 사냥 도구를 챙겨 버들산으로 갔다.

"두실아, 진짜 넌 어쩜 이렇게 활이랑 화살을 잘 만드냐? 볼수록 대단하단 말이지."

흰달이 활과 화살촉을 꼼꼼히 살피며 물었다.

"아휴, 말도 마. 화살촉 날카롭게 가느라 손바닥이 다 갈린 거 같다니까."

"이런 걸 보면 포기를 모르는 앤데 왜 사냥은 쉽게 포기할까?"

"뭐?"

"아, 미안! 진짜 궁금증이 생겨서 그래. 활을 들었다가 놔 버리는 게 한두 번이 아니잖아. 그냥 쏴 보기라도 하면 좋은데."

두실은 활을 들고 겨냥하는 순간 심장이 튀어나올 것처럼 빠르게 뛰고 정신이 아득해지기만 했다. 아마도 흰달은 절대 이해 못 할 느낌일 터였다.

"어휴, 나도 나를 모르겠다."

"쉿!"

갑자기 흰달이 몸을 낮추며 두실을 풀숲으로 끌어내렸다. 잔뜩 몸을 웅크린 흰달이 눈을 이리저리 굴리더니 화살을 끼웠다. 어찌나 손놀림이 빠른지 두실은 혀를 내둘렀다.

"흰달아, 너 진짜 사냥꾼 같아. 멋있어."

두실의 속삭임에 흰달이 빙긋 웃었다. 그러더니 저만큼 앞쪽 소나무를 턱짓으로 가리켰다. 소나무 옆, 꿩 한 마리가 고개를 박고 먹이를 찾고 있었다. 두실은 돌도끼를 잡은 손에 힘을 꽉 주었다. 여차하면 돌도끼를 던져서라도 꿩을 잡을 참이었다.

후우, 숨을 내뱉은 흰달이 자리에서 벌떡 일어섰다. 순식간에 휙! 화살이 날아갔다.

– 꾸어어엉!

꿩이 쓰러져 날개를 파닥대다 이내 잠잠해졌다.

"우와!"

두실이 놀라 자리에서 벌떡 일어섰다. 그때 저만큼 앞쪽 풀숲에서 사람 하나가 불쑥 튀어나와 외쳤다.

"내가 잡은 거야!"

어제 강에서 본 여자아이였다. 두실은 어안이 벙벙해져 눈만 끔벅였다. 여자아이가 활을 들고 있다니, 눈으로 보았어도 믿을 수 없는 광경이었다.

"웃기지 마. 우리가 잡은 거야."

흰달이 앞으로 성큼성큼 걸으며 말했다. 두실도 얼른 따라갔다. 꿩이 쓰러진 자리로 화살 하나가 나뒹굴었다. 그러니까 양쪽에서 동시에 활을 쏜 모양이었다. 하지만 꿩의 몸에 꽂힌 화살은 하나. 그러니 주인도 한 명이었다.

"분명히 내가 쏜 화살에 맞고 쓰러진 거야. 두 눈으로 똑똑히 봤어."

여자아이가 말했다.

"아니라니까! 우리가 잡은 거라고!"

흰달이 버럭 소리를 지르자 여자아이의 두 눈에 불똥이 튀는 듯했다. 이대로 두었다간 싸움으로 번질 거였다. 두실은 얼른 앞으로 나섰다.

"잠깐! 내가 만든 화살엔 표시가 있어. 꿩을 맞춘 화살에 그게 있는지 없는지만 살피면 돼. 그러니까 둘이 싸우지 마."

"뭐라고? 다시 말해 봐. 못 들었어."

여자아이가 몸을 살짝 돌려 비스듬하게 서더니 오른쪽 귀가 잘 드러나도록 머리칼을 귀 뒤로 넘겼다. 여자아이의 팔에 있

던 조개 팔찌에서 달그락달그락 소리가 났다. 두실은 그 소리가 참 맑고 곱다는 생각을 하며 방금 했던 말을 한 번 더 했다.

"아, 알았어. 그럼 화살을 빼 보자."

흰달이 꿩에 꽂혔던 화살을 빼내 두실에게 건넸다. 두실은 화살 끝에 자신이 새긴 '⚡' 무늬가 있는지 살폈다. 언젠가 번개가 치는 것을 보고 만든 모양이다.

"여깄다! 이거 보이지?"

두실은 자기가 가지고 있던 화살과 꿩을 맞춘 화살을 번갈아 보여 주었다. 문양을 가만히 바라보던 여자아이가 입술을 쭉

내밀더니 이내 고개를 끄덕였다.

"알았어. 이 꿩은 너희 것이 맞아."

여자아이가 뒤돌아섰다. 두실은 조금 놀랐다.

'생각보다 쉽게 물러나네? 꽉 막힌 애는 아니군. 다행이야.'

두실은 아이를 불러 세웠다. 어제는 그냥 보냈지만 오늘은 꼭 떠돌이인지 아닌지 알아야겠다는 생각이 들었다.

"근데 너 누구야? 어디에 살아?"

"나는 가람비. 산 아래 갈대 마을에서 왔어."

"갈대 마을? 그런 곳이 있었구나. 근데 너 어제 강에서 헤엄 쳤지?"

"응, 잠깐 그랬지. 왜?"

"아니 언뜻 본 게 맞나 싶어서. 누군지 궁금했거든."

가만히 지켜보던 흰달이 대뜸 끼어들었다.

"나는 흰달이고 얘는 두실이야. 두실이는 이렇게 뭐든 잘 만들어. 이 활도 두실이가 만들었어. 볼래?"

가람비가 슬쩍 웃었다. 그 모습에 두실은 얼굴이 화끈거렸다. 아무래도 흰달이 쓸데없는 짓을 하는 것 같았다.

"아, 아니야. 바쁜데 어서 가."

두실이 막아섰지만 가람비가 몸을 돌려 흰달이 내민 활을 받아들었다. 한참 활을 살피던 가람비가 고개를 끄덕끄덕했다.

"그러게. 진짜 솜씨가 좋구나. 멋져. 여기도 문양이 있네?"

가람비의 눈길에 두실은 멋쩍은 듯 웃었다. 흰달이 두실의 어깨를 툭 치며 속삭였다.

"야, 뭐해. 무슨 문양인지 알려 줘야지."

"아! 그게 번개야 번개. 콰광쾅, 번개 알지? 번개처럼 빠르게 뭐든 다 맞히고 싶어서 그렇게 해봤어."

"그럼 너 사냥 잘해?"

"어?"

두실은 할 말이 없어 우물댔다.

"야, 당연하지. 못 봤냐? 이 꿩도 우리가 잡았잖아! 하하!"

흰달이 너스레를 떨었지만 두실은 어디론가 숨고 싶은 마음뿐이었다. 그때 저 멀리서 북소리가 울렸다. 버들숲 마을에서는 여전히 비마중이 이어지고 있었다. 마을 사람들은 돌아가며 북을 치고 춤을 추고 노래를 불렀다.

"우리 이제 가야겠다. 반가웠어. 다음에 또 봐."

서둘러 인사를 건네는 두실을 보고 가람비가 환히 웃었다.

"그래, 또 보자. 안녕."

4. 돌벽에 새겨 보는 꿈

"우리 두실이가 꿩을 다 잡아 오다니, 이제 한시름 놓았지 뭐
니."

화덕의 빨간 불꽃 너머로 두실을 바라보던 어머니는 연신 싱
글벙글했다. 두실은 일부러 못 들은 척 긴 막대기로 꿩고기를
쿡쿡 찔러 보기만 했다. 어머니가 콧노래를 불렀다. 어머니의
얼굴에서 반지르르하게 빛이 나는 것 같았다.

'아휴, 조개 목걸이를 만들어 드려도 저렇게 웃지는 않았는
데…….'

두실은 괜스레 힘이 더 빠지는 것 같았다.

고기가 다 익어갈 때쯤 아버지가 움집으로 들어왔다. 여태

북을 치고 노래를 했으니 배가 몹시 고플 터였다. 그런데 꿩고기를 보는 아버지의 눈빛에는 놀라는 기색도, 기쁨이나 반가움도 없었다.

"흰달이랑 같이 산에서 내려오는 것 같더구나. 흰달이가 첫 사냥을 지켜보았겠지?"

"네? 아…… 그, 그랬죠."

"흰달이는 사냥을 하지 않았고?"

"아, 그게, 그냥 제가 만든 화살을 빌리러 왔어요."

아버지의 짙은 눈썹이 꿈틀거렸다.

"그래? 네가 저렇게 큰 꿩을 잡을 동안 흰달이처럼 솜씨 좋은 사냥꾼이 아무것도 잡지 못하다니 좀 이상하구나."

"아, 그게…… 오늘은 사냥을 안 하고 싶다고 하더라고요. 왜 그랬을까요? 희한하죠? 저도 참 이상하다 싶었어요."

"사냥을 안 할 건데 화살을 빌리러 왔어?"

"네? 아니 그게……."

두실이 우물쭈물하자 어머니가 나섰다.

"아니 왜 그렇게 몰아세우듯이 물어보세요? 누가 들으면 두실이가 잘못이라도 한 줄 알겠어요. 좋은 날 왜 그래요, 네?"

아버지가 화를 누르려는 듯이 숨을 후 내뱉었다.

"네가 꿩을 잡으려 할 때, 바람이 어느 쪽에서 불더냐? 무슨 냄새는 안 났고? 꿩의 어디를 쏘았니, 머리니, 궁둥이니?"

"……."

"사냥꾼들은 절대 잊지 못하는 법이다. 첫 사냥에 성공했던 순간 말이다. 난 아직 그날 내 발등 위를 기어가던 개미 한 마리까지 기억하고 있어!"

두실이 자리에서 벌떡 일어섰다.

"도대체 무슨 말이 듣고 싶어서 그러세요? 사람은 다 달라요! 아버지처럼 하지 않았다고 잘못된 게 아니란 말이에요. 그래요, 이거 내가 잡은 거 아니에요. 흰달이가 잡아서 준 거예요. 나는 사냥보다 만들기가 좋다고요!"

"그게 무슨 말이냐! 사내로 태어났으면 사냥꾼이 되어서 가족을 먹여 살려야지. 그것보다 중요한 게 어디 있어! 만들기가 그렇게 좋아? 사내놈이 돼서 쪼물딱대기나 하고, 그러고도 네가 내 아들이라 할 수 있느냐 말이야. 내가 부끄러워서 살 수가 없어. 그걸 네가 알기나 해?"

어머니가 아버지를 붙잡았다.

"그만하세요. 두실이도 그만해라, 응? 이러는 거 너답지 않구나."

"나다운 게 뭔데요? 아버지가 혼내면 그냥 혼나는 거요? 나도요, 훌륭한 사냥꾼 되고 싶다고요. 그런데 활만 들면 겁이

나고, 쏘면 다 빗나가고, 돌도끼도 던지는 족족 다른 데 가서 떨어져요."

두실은 울음을 참지 못하고 꺽꺽댔다.

"그냥, 이렇게 생겨 먹은 걸 어쩌라고요. 이게 난데 뭘 어떡하라고요! 그렇게 제가 부끄러우시면, 이제 아버지 아들 안 할게요!"

두실은 움집을 뛰쳐나갔다. 뒤에서 어머니가 부르는 소리가 들렸지만 멈출 수 없는 눈물처럼, 발걸음도 멈춰지지 않았다.

한낮인데도 바깥은 우중충하기만 했다. 저 멀리 먹구름이 밀려오는 게 보였다. 두실은 해가 지는 쪽으로 걸었다. 버들산 아래쪽 동굴에 갈 생각이었다. 동굴 벽과 천장에 그려진 그림이 보고 싶었다. 이상하게도 동굴 속 그림들을 보고 있으면 마음이 차분해졌다.

두실은 활을 쏘아 멧돼지를 잡는 사냥꾼 그림을 가장 좋아했다. 어렸을 때는 그 그림을 보며 진짜로 사냥꾼이 벽에서 튀어나오는 상상을 했다. 언젠가는 자신도 그런 사냥꾼이 될 수 있으리라 생각했다. 하지만 현실은 달랐다. 그림 속 사냥꾼에게 묻고 싶었다. 도대체 어떻게 해야 하는지 말이다.

동굴 쪽으로 터덜터덜 걷는데 어디선가 키득키득 웃는 소리가 들렸다. 여자아이 둘이서 돌쌓기 놀이를 하는 게 보였다.

"넌 나중에 누구랑 짝을 지을 테야?"

"몰라. 울 어머니가 그러는데 두실이 같은 애만 아니면 된대."

두실은 자기 이름을 듣고는 얼른 나무 뒤로 숨었다. "푸하하" 한바탕 웃음소리가 났다.

"울 어머니도 그랬어. 두실이처럼 조물조물 만들기만 좋아하는 사내는 사내도 아니래. 그런 놈 만났다간 죽을 때까지 고기 구경은 못 할 거래."

두실은 한숨을 푹 쉬었다. 온몸이 땅바닥을 뚫고 저 아래로, 아래로 꺼질 것만 같았다. 하필이면 그때 흰달이 두실의 이름을 부르며 달려왔다.

"두실아, 두실아아아!"

"엄마야!"

여자아이 둘이 소스라치게 놀라며 뒤를 돌아봤다. 겹겹이 쌓여 있던 돌탑이 와르르 무너졌다. 두실은 어쩔 줄 몰라 엉거주춤한 자세로 눈만 껌벅였다. 흰달이 두실 앞에 서자 여자아이들은 부리나케 마을로 달렸다. 점점 작아지는 여자아이들의 웃음소리에 섞여 "두실아, 미안해!" 하고 소리치는 게 들렸다. 흰달이 무슨 일이냐고 물었지만 두실은 아무 말도 하지 않았다. 다시 끄집어내고 싶지 않은 일이었다.

"꿩고기는? 어머니, 아버지가 진짜 좋아하시지?"

흰달의 해맑은 얼굴을 보고 두실은 한숨을 푹 쉬며 말했다.

"동굴이나 가자."

두실과 흰달은 한동안 말없이 걷다가 동굴 앞에 다다랐다. 그동안은 동굴 벽에 그려진 그림을 구경만 했는데 오늘만큼은 두실도 뭔가를 그려보고 싶었다. 두실은 허리춤에 매달려 있던 돌도끼를 가만히 보다가 주변으로 고개를 돌렸다. 좀 더 날카롭고 뾰족한 것이 필요했다. 돌멩이 하나를 주워들고 도끼로 찍어 쪼개었다. 마침 두 개로 잘 쪼개어졌고 제법 날카로운 부분이 생겼다. 두실은 돌멩이 하나를 흰달에게 건넸다.

"자, 너도 해. 네가 꿈꾸는 거, 하고 싶은 거, 뭐든 그려."

"꿈꾸는 거?"

흰달이 두 눈을 희번덕 뜨더니 씨익 웃었다.

"있지, 있지!"

흰달이 궁리 끝에 벽에 찍, 찍 선을 그었다. 두실도 그림을 그리기 시작했다. 활과 화살, 그 끝에 덩치가 아주 커다란 들소 한 마리. 저만큼 큰 들소를 본 적은 없었지만 왠지 진짜로 보게 된다면 더없이 멋질 것 같았다. 한참을 그리고 있는데 흰달이 돌멩이를 바닥으로 휙 던지며 외쳤다.

"됐다!"

두실은 고개를 돌려 흰달이 그린 것을 바라보았다. 사냥꾼이 돌도끼를 들고 있었고 그 앞엔 몸에 줄무늬가 있는 아주 큰 동물, 그러니까 꼭 범처럼 생긴 동물이 주저앉아 있었다.

"내 언젠가는 그놈을 잡고야 말 거거든."

두실은 번뜩 몇 해 전 돌아가신 달새 아저씨가 떠올랐다. 흰달과 눈이 마주친 두실은 고개를 끄덕였다. 흰달의 마음을 이해할 수 있을 듯했다.

"두실아, 두실아아아아!"

먼 곳에서 두실을 부르는 소리가 들렸다. 무슨 일인가 싶어 돌멩이를 내려놓는데 거친 숨소리와 함께 여자아이의 목소리가 동굴 안에 울려 퍼졌다.

"불! 마을에 불이 났어! 두실아, 너희 집이 불타고 있어!"

두실과 흰달은 곧장 동굴 밖으로 뛰쳐나갔다. 발을 동동 구르며 동굴 앞에 서 있는 여자아이들은 조금 전 돌쌓기 놀이를 하던 아이들이었다.

"빨리 가, 어서!"

두실은 고맙다는 인사를 할 겨를도 없이 마을로 달렸다. 저 먼 곳에서 검은 연기가 솟구치고 있었다.

5. 불같은 마음

두실은 정신없이 집 쪽으로 달렸다. 짚을 엮어 만든 지붕이 쉴 새 없이 불타오르고 있었다. 하늘나무 아래서 엉엉 울음을 토해 내는 사람, 벌벌 떨고 있는 아이를 꼭 안고 있는 사람, 물을 나르기 위해 이리저리 뛰는 사람, 마을이 난장판이었다. 불을 피우다 짚에 옮겨 붙었을 수도, 화덕에서 불꽃이 튀었을 수도 있었다. 불은 고마운 만큼 무서운 것이었으니까. 그래서 늘 조심히 다루었건만 어쩌다 이런 일이 생겼는지 두실의 머릿속은 아득해지기만 했다.

집 앞에 선 두실은 활활 타오르는 집을 보고 그 자리에 굳어 버렸다. 눈앞을 가로막는 연기와 매캐한 냄새, 뜨거운 불의 기운이 머리를 멍하게 만들었다. 어서 어머니와 아버지를 찾아야 한다고 생각은 하는데 몸이 마음처럼 재빨리 움직여지지 않았다.

"두실아, 여기!"

귓전에 흰달의 목소리가 울렸다. 고개를 돌리자 바닥에 쓰러진 어머니를 끌어안은 흰달이 보였다. 두실은 얼른 어머니와 흰달 곁으로 갔다.

"어머니! 아버지는요?"

"집에, 목, 목걸이……."

"목걸이?"

어머니가 울음을 터트렸다. 며칠 전 두실이 만들어 주었던 조개 목걸이를 말한 것이 틀림없었다. 하지만 분명 아버지는 그 목걸이를 보자마자 화를 냈다.

"이런 걸 만들 시간에 사냥을 하란 말이다!"

─찌이익, 쿵!

하늘이 갈라지는 소리가 나더니 빗방울이 떨어지기 시작했다. 두실은 꿈속인 듯 멍하게 서서 제 몸으로 탁, 탁 떨어지는 빗방울을 느꼈다. 한 대, 두 대, 하늘이 자기를 때리는 것만 같았다. 어느새 한밤처럼 컴컴해진 버들숲 마을로 쉴 새 없이 비가 쏟아졌다. 살갗을 파고들 것처럼 거센 빗줄기에 두실이네 집을 둘러싼 연기가 씻겨나가고 불기둥도 힘을 잃었다. 사람들이 젖은 흙을 뿌려 남은 불씨를 꺼트리고 바닥에 깔린 재를 걷어 냈다.

이제 남은 거라고는 타다 남은 기둥과 새카맣게 그을린 진흙 바닥이 전부였다. 그리고 그 가운데 아버지가 엎어져 있었다. 두실은 자리에 털썩 주저앉고 말았다. 온몸은 바들바들 떨리고 쉴 새 없이 눈물이 흘렀다.

"아, 아……."

두실은 쉰 목소리로 아버지를 부르려 애썼다. 힘껏 부르면 아버지가 벌떡 일어나 콧김을 씩씩 내뿜으며 걸어올 것만 같았다.

"너, 이놈! 네놈이 준 목걸이 찾느라 죽을 뻔했다!"

하고 소리치며 껄껄 웃어 줄 것만 같았다.

'아버지, 아버지에게 가야 해…….'

두실은 자리에서 일어서려 했지만 다리가 풀려 자꾸만 주저 앉았다. 두실은 덜덜 떨리는 손으로 땅을 짚으며 엉금엉금 아 버지를 향해 기어갔다.

'빨리, 빨리! 아버지를 일으켜 세워야 해! 내가 가면 일어나실 거야!'

아버지 근처에 다다른 두실은 남아 있는 힘을 짜내어 자리에 서 일어섰다. 그리고 아버지를 향해 한 발짝 내딛는 순간, 그대

로 미끄러지고 말았다. 빗물에 질퍽해진 땅바닥으로 두실의 발자국이 길게 남았다.

두실은 쉴 새 없이 떨어져 내리는 빗물 사이로 아버지를 바라보았다. 아버지는 조금도 움직이지 않았다. 자꾸만 아버지의 모습이 흐릿해졌다. 두실은 온몸을 쥐어짜듯 다시 한 번 소리쳤다.

"아버지이이이이이이!"

그리고 결국 울음을 터트렸다. 저 멀리 들판을 서성이던 늑대가 함께 우는 것만 같았다.

아버지의 장례를 치른 뒤 보름 내내 비가 내렸다. 강이 범람해 물길이 바뀌었다가 예전 모양을 얼추 찾아갈 때쯤 두실과 어머니가 머물 새로운 움집이 완성되었다. 마을 어른들이 터를 닦는 것이며, 기둥을 세우고 짚을 엮는 것까지 제 일처럼 나서 주어 큰 어려움 없이 새집을 얻었다. 그동안 흰달네 집에서 함께 지냈던 두실과 어머니는 달이 바뀌어 집으로 돌아왔다.

흰달네 집에 있을 때도 그랬지만, 새로운 집으로 들어온 뒤에도 어머니는 영 기운을 차리지 못했다. 어떤 날은 온종일 누워만 있었다. 두실은 뭐라도 해야겠는데 도대체 뭘 해야 할지 몰라 허둥대기만 했다. 노련한 사냥꾼 한 명이 없어졌으니 그 자리를 메꾸는 게 가장 좋았지만 두실의 실력으로는 어림도 없었다. 어쩔 수 없이 두실은 틈만 나면 이리저리 열매를 주우러 다녔다. 사냥꾼들이 애써서 잡아 온 고기를 날름날름 받아먹고만 있자니 영 마음이 불편했다. 아버지가 살아 계실 때는 전혀 느낄 수 없던 마음이었다.

'이래서 아버지가 사냥, 사냥 노래를 부르셨던 걸까?'

버들숲 마을 사내 중 사냥을 하지 않는 사람은 여자들과 첫 사냥을 치르지 못한 어린아이들뿐이었다. 그러니까 사내로 태어났으면 무조건 사냥꾼이 되어야 하는 거였다. 그건 원하고 원하지 않고의 문제가 아니었다. 아버지가 돌아가신 뒤에야 현실을 깨달은 두실은 조바심에 하루하루 피가 마르는 듯했다.

'물고기라도 잡아 볼까?'

활을 쏘거나 창을 던져 짐승을 잡지는 못하더라도 매일매일 큰 물고기를 잡아 간다면 빚진 마음이 덜할 것 같았다. 물질을 잘 못해 작살을 사용하기는 힘들지라도 그물을 던지거나 낚시를 하는 정도라면 도전해 볼 만했다. 두실이 그물과 낚싯대를 챙겨 강으로 가려는데 흰달이 찾아왔다.

"두실아, 같이 사냥 안 갈래?"

"어? 나는 강에 가 보려고."

"물고기는 다음에 나랑 같이 잡고, 오늘은 사냥 가자. 곰치 아저씨랑 돌매 아저씨 따라가기로 했거든. 바우 형도 온댔고. 옆에서 구경하면서 배워. 보고 배우는 것도 엄청 많을 거야, 응?"

두실의 마음은 반으로 갈라졌다. 따라가서 사냥을 잘 배우고 싶은 마음, 따라가 봐야 별 소용없을 거라는 마음. 아버지가 사냥 나가실 때 따라갔던 적이 한두 번이 아니었다. 그런데도 달라진 것이 없다면 아예 사냥꾼이 될 능력이 없는 게 아닐까 생각했다.

"괜히 방해만 될까 봐……."

"방해는 무슨! 다 그렇게 배우는 거지. 가자, 응? 내가 옆에 있는데 뭐가 걱정이야. 내 옆에만 딱 붙어 있어."

해맑게 웃는 흰달의 얼굴을 보니 용기가 생겼다. 두실은 고개를 끄덕였다. 그리고 얼른 집에서 활과 도끼를 챙겼다.

두실은 흰달과 함께 곰치 아저씨네 집 앞으로 갔다. 곰치 아저씨는 두실의 아버지가 돌아가신 뒤로 사냥꾼들을 이끄는 역할을 맡았다. 곰치 아저씨가 흰달과 함께 온 두실을 반갑게 맞았다.

"그래, 두실이도 이제 힘을 내 봐야지? 잘 왔다, 잘 왔어. 사냥하기 딱 좋은 날이야."

두실은 곰치 아저씨를 따라 미리 받아 놓은 물로 귀 뒤나 목,

손목 같은 곳을 벅벅 닦았다. 사냥감을 잡을 수 있을 만큼 가까운 곳까지 가려면 몸에서 나는 냄새를 잘 지워야 했다. 아버지를 따라나설 때도 그랬지만 이렇게 사냥을 준비하는 시간이 얼마나 긴장이 되는지, 두실은 쿵쿵 뛰는 가슴을 진정시키느라 남몰래 애를 썼다.

조금 뒤 사냥을 함께 가기로 한 돌매 아저씨와 바우 형이 왔다. 바우는 돌매 아저씨 아들인데 창을 잘 다뤘다. 그래서 어른들끼리 사냥을 갈 때에도 바우를 데리고 가는 일이 많았다. 돌매 아저씨가 두실을 보더니 마뜩찮은 표정을 지었다. 두실은 괜히 어깨가 움츠러들었다.

"오늘은 수수밭 너머로 가 봅시다. 엊그제 풀숲에서 멧돼지 울음소리를 들었다고 합니다. 운이 좋으면 푸짐하게 고기를 먹을 수 있을 거요."

곰치 아저씨 말에 두실의 입안에 저절로 침이 고였다. 두실과 눈이 마주친 흰달도 콧구멍을 벌름거리며 잔뜩 기대하는 얼굴이 되었다.

수수밭 너머엔 잡풀이 가득한 땅이 넓게 펼쳐져 있었다. 사람 키만큼 웃자란 풀들이 가득해서 사람과 짐승, 모두 숨어들기에 좋았다. 두실은 사냥꾼 무리의 제일 뒤쪽에 자리를 잡고 걸었다. 수풀을 헤치며 앞서 걷던 곰치 아저씨가 문득 고개를 높이 들고 바람 냄새를 맡았다. 사냥꾼들은 그 자리에 멈춰 서서 곰치 아저씨의 지시를 기다렸다. 아저씨가 몸을 조금 낮추더니 해가 뜨는 방향으로 손가락질했다. 돌매 아저씨가 곰치 아저씨 옆으로 서고 바우가 그 뒤에 바짝 붙었다. 흰달이 뒤돌아보더니 두실에게 고개를 끄덕였다. 곧 사냥감이 나타날 거라는

신호였다. 두실은 곰치 아저씨가 맡은 냄새가 정말 멧돼지 것일지 기대되고 긴장도 되었다.

두실이 손바닥 땀을 닦아내며 한 발 한 발 조심스레 옮길 때였다.

－쿠후후후, 쿠후후후!

거친 숨소리가 들렸다. 두실은 긴장감에 머릿속이 새하얘졌다. 갑자기 짐승의 숨소리가 크게 확대되며 자기 귀에 대고 후, 후, 바람을 부는 듯한 착각에 빠졌다.

'내빼면 안 돼. 절대로 뒤돌아서서 도망치면 안 되는 거야. 이런 기회는 다신 오지 않을지도 몰라. 멧돼지잖아, 멧돼지 사냥을 보는 거라고…….'

두실은 스스로 마음을 다잡으며 겨우겨우 정신을 차렸다. 그때 곰치와 돌매 아저씨가 양쪽으로 갈라지며 한 지점으로 화살을 쏘았고 '꾸웨웨엑!' 하고 짐승의 비명이 들렸다. 울음소리로 보아 멧돼지가 확실했다.

'잡았다, 잡았어!'

두실이 신나 할 틈도 없이 우두두두, 땅이 울렸다.

"피해!"

곰치 아저씨가 소리치자마자 수풀 사이에서 거대한 멧돼지한 마리가 툭 튀어나오더니 다시 수풀 사이로 달려 들어가 몸을 숨겼다. 갑자기 나타난 멧돼지를 보고 놀란 두실은 뒷걸음치다 발이 꼬여 철퍼덕 넘어졌다. 그대로 멧돼지가 두실에게 달려들기라도 한다면 온몸의 뼈가 으스러질 것이다. 흰달이 얼른 다가와 두실을 일으켰다. 그 사이 멧돼지가 달려간 방향을 바라보던 곰치 아저씨가 외쳤다.

"다들 도망쳐! 저기 언덕으로!"

곰치 아저씨가 앞쪽으로 달려 나가자 돌매 아저씨와 바우가 뒤따랐다. 두실도 흰달이 이끄는 대로 무조건 달렸다.

언덕에 도착한 곰치 아저씨가 나무를 타고 오르자 다른 사람들도 나무 위로 올라갔다. 흰달과 바우까지 올라갔지만 두실은 나무 아래서 계속 버둥대는 중이었다. 멧돼지를 보고 놀란 가슴이 아직 진정되지 않았는지 손발에 힘이 제대로 들어가지 않았다.

"어? 저기, 멧돼지가 와요! 두실아, 빨리!"

흰달이 나무 아래로 손을 뻗어 내리며 소리쳤다. 두실은 얼른 뒤를 돌아보았다. 풀숲이 갈라지고 있는 게 보였다. 우두두두, 땅이 울렸다. 조금 있으면 멧돼지가 풀숲을 뚫고 나타날 것이다. 두실은 얼굴이 허옇게 질린 채 옴짝달싹도 하지 못했다.

그때 바우가 나무에서 풀썩 뛰어내렸다.

"바우야!"

돌매 아저씨가 소리쳤다. 바우는 창을 들고 앞쪽으로 달리기 시작했다. 몸을 활처럼 뒤로 젖혔다가 앞으로 휙! 창살이 날아가 멧돼지 발치로 떨어졌다. 멧돼지가 방향을 휙 틀다가 넘어졌다. 때를 놓치지 않고 나무에서 뛰어내린 곰치와 돌매 아저씨가 활을 쏘았다. 탁, 탁! 화살이 멧돼지의 몸에 박혔다.

—꾸웨에에엑!

멧돼지의 비명이 들판을 가로질렀다. 곰치 아저씨는 멧돼지 쪽으로 달렸고, 돌매 아저씨는 바우에게 갔다.

"이놈아! 어쩌자고 거길 뛰어들어? 네 목숨을 지켜야지!"

돌매 아저씨의 목소리가 어찌나 크고 날카로웠던지 두실의 온몸을 둥둥 때리는 것 같았다.

'운이 좋았으니 망정이지 하마터면 바우 형까지 위험할 뻔했어.'

두실은 온몸에서 기운이 쫙 빠져나가는 듯했다.

흰달이 다가와 두실의 어깨를 잡았다.

"고생했어. 괜찮아. 아무 일도 없었고 덕분에 고기를 실컷 먹을 수 있게 되었잖아. 기운 내, 응?"

흰달의 부드러운 목소리에도 두실의 마음은 땅속 깊은 곳으로 가라앉기만 했다. 그런데 문득 돌매 아저씨가 하는 말이 들렸다.

"큰뫼가 그렇게 걱정을 했던 이유가 다 있었어. 부끄러울 만
도 하지. 저래서야 어머니를 어찌 보살피나, 쯧쯧."

순간 두실의 가슴에 파르르, 불꽃이 일었다.

6. 사냥꾼 수업

다음 날, 두실은 흰달을 조용히 불러냈다.

"흰달아, 나 사냥 좀 가르쳐 줘."

두실의 눈빛은 금방이라도 들소를 잡아들일 만큼 매서웠다.

"이제 절대로 만들기 같은 건 하지 않을 거야. 나도 사냥꾼이
될 거야."

"갑자기 왜 그래? 눈빛은 또 왜 그러고? 다른 사람 같아."

"다른 사람이 될 거니까. 울 아버지만큼, 아니 아버지보다 훨
씬 큰 사냥꾼이 되겠어. 그래서 사람들이 무덤에 누운 아버지
를 부러워할 만큼!"

흰달은 두실을 보며 콧김을 씩씩 내뱉는 성난 들개가 생각났

지만 그 말은 하지 않았다.

흰달이 상상한 들개는 저 혼자만 성이 났을 뿐 애처로울 만큼 작고 볼품없었기 때문이다.

"그러니까 흰달이 네가 좀 도와줘."

"그래, 좋아! 얼마든지 도와줄게."

두실은 흰달이 이끄는 대로 하늘나무를 지나쳐 한참 걸었다.

"저기야. 괜찮아 보이지?"

흰달이 말했던 대로 굴러도 아프지 않을 만큼 낮게 자란 풀이 빼곡한 땅에 적당한 높이의 나무 두 그루가 우뚝 서 있었다. 두실은 이곳이 마음에 들었다. 마을에서 멀리 떨어져 있는 것도 좋았다. 사람들에게 사냥꾼 훈련을 하는 모습을 굳이 보일 필요는 없었으니까.

'열심히 익혀서 첫 사냥에 멋지게 성공하는 거야. 조금, 아니 많이 늦었지만 뭐 어때. 어떤 날은 해가 조금 늦게 뜨잖아. 나도 조금 늦은 것뿐이야.'

두실은 마음을 다잡았다. 뭔가 달라질 수 있을 듯했다.

흰달은 나뭇가지에 돌멩이를 매달고 그것을 향해 활을 쏘는 연습부터 시켰다.

"두실아, 온 마음을 다해서 한곳만 바라보는 거야. 세상에 너와 돌멩이, 단둘뿐이라고 생각해 봐. 알았지?"

흰달의 말에 두실은 크게 고개를 끄덕였다. 그리고 돌멩이를 바라봤다. 그런데 자꾸만 딴생각이 났다. 활을 쏘아 돌멩이를 맞히고 싶다고 생각하면 할수록 돌멩이를 맞히지 못할까 봐 무서워졌다. 두실은 마음을 다잡았다.

'해야만 해. 할 수 있어!'

두실은 어머니를 지키기 위해서라면 못 할 일이 없었다. 여전히 몸져누운 어머니를 일으킬 수 있는 건 첫 사냥을 잘 치르는 것뿐이라는 생각이 들었다.

두실은 무언가가 만들고 싶어지면 더 열심히 활쏘기에 매달렸다. 어떤 날은 새벽부터 해가 떨어질 때까지 활만 쏘기도 했다. 하지만 두실이 쏜 화살은 언제나 돌멩이를 비켜 갔다. 이틀이 지나고 닷새가 지나고 열흘이 지나도 마찬가지였다.

"글렀어. 다 글렀어! 난 사냥꾼이 될 수 없나 봐……."

두실이 굵은 눈물방울을 뚝뚝 흘렸다. 그러더니 자신이 만든 활을 힘껏 집어 던졌다.

"이깟 활 만들기만 하면 뭐해? 하나도 쏘지 못하면서!"

두실의 활은 바람에 꺾인 갈대처럼 맥없이 널브러졌다.

"두실아……."

두실을 지켜보고 있던 흰달이 깊은숨을 내쉬었다. 흰달도 답답할 노릇이었다. 자신이 몸으로 느끼고 있는 걸 그대로 두실에게 알려 줄 수만 있다면 좋겠는데 말로 설명하는 것도, 몸으로 직접 보여 주는 데에도 한계가 있었다.

"두실아, 울 아버지 돌아가시던 날 기억해?"

두실은 고개를 끄덕였다.

"나는 그다음 날부터 활쏘기랑 창던지기를 연습했어. 모두 잠든 새벽에, 여기 혼자 와서, 어떤 날은 쏟아지는 비를 맞으면서도 말이야. 내 목표는 딱 하나였어. 내 힘으로 내가 먹을 것을 구한다. 그리고 아버지를 그렇게 만든 놈을 반드시 찾아내어 갚아 준다.”

“알고 있어. 네가 저번에 동굴에 그린 그림 보니까 알겠더라. 단 하루도 그놈을 잊지 않고 있구나, 생각했어.”

“두실아, 하루해서 안 되면 하루 더 하면 되고, 열 밤이 지나도록 해도 안 되면 스무 밤이 지날 때까지 하면 돼. 우리 비마중 생각해 봐. 비님 오시라고 노래를 부르면 꼭 비가 오잖아. 그거 왜 그런 줄 알아?”

두실이 흰달의 얼굴을 바라보자 흰달이 활짝 웃었다.

“비가 올 때까지 노래를 부르니까.”

그제야 두실도 피식 웃었다. 흰달에게 한번은 꼭 하고 싶었던 말을 해야 할 때 같았다.

“흰달아, 미안하고 고마워. 이렇게 재주도 없고 용기도 없는 날 포기하지 않아 줘서.”

“무슨 소리. 넌 내가 목숨을 다해 지켜야 할 사람이야. 네가 그랬던 것처럼. 네가 얼마나 용감한 사람인지 너만 모르는 것 같아. 그 커다란 범이 달려오는데도 날 살리려고 뛰어들었잖아. 네가 아니었으면 나도 여기 없어. 그러니까 미안하다는 생각 같은 거 하지 마.”

두실은 쑥스러운 마음에 고개를 숙였다.

“하지만! 너무 지쳤을 땐 조금 쉬어야 해. 비마중 노래할 때도 한 사람이 쭉 하지 않고 돌아가면서 하잖아. 사람은 누구나 쉼이 필요하니까 그렇게 하는 거 아니겠어? 그러니까 오늘은 이만하고 쉬어. 너 하고 싶은 거 하면서."

"나 하고 싶은 거?"

"응, 우리 아버지가 옛날에 하신 말씀이 있는데 뭔가 열심히 했을 때 자기도 자기를 칭찬해 줘야 한대. 자기가 진짜 좋아하는 걸 하면서. 그러니까 두실이 너도 해 봐."

'내가 진짜 좋아하는 거, 내가 하고 싶은 거······?'

두실은 마지못해 고개를 끄덕였다. 그리고 홀로 강가로 걸었다. 버드나무 아래 앉아 흘러가는 강물을 바라보고 싶었다. 뭐라도 만들면 좋겠지만 그건 하고 싶은 마음이 반, 걱정스러운 마음이 반이었다. 뭔가를 만들고 나면 두 번 다시 사냥 생각이 나지 않을까 봐 겁이 났다.

오후의 햇살이 강물로 쏟아져 내렸다. 반짝이는 강물을 보고 있자니 밤하늘의 은하수를 보고 있는 듯했다. 두실은 멍하게 한 곳을 바라봤다. 스스로에게 화가 나던 마음도, 자신이 바보처럼 느껴지던 마음도 흐르는 강물처럼 떠내려갔다. 두실은 스르륵 눈을 감았다.

'그래, 세상에 쉬운 일은 없어. 더 하면 돼.'

두실이 눈을 떴을 때, 강물에 무언가 둥둥 떠 있는 것이 보

였다.

'저게 뭐지? 사람?'

두실은 자리에서 벌떡 일어섰다.

7. 나로 사는 일

"이봐요! 이봐요!"

두실이 소리를 꽥꽥 지르며 강물로 뛰어들었다. 물소리에 놀란 건지, 두실이 만든 파도 때문인지 둥둥 떠 있던 사람이 움찔 움직이더니 사라져 버렸다.

'뭐야, 어디로 갔지?'

두실이 당황한 사이 갑자기 물속에서 사람이 쑥 튀어 올랐다.

"어? 너!"

얼마 전 버들산에서 만났던 가람비였다.

"오랜만이네?"

가람비가 헤엄을 치며 여유롭게 말했다. 금세 두실 곁에 다

다른 가람비가 몸을 세우더니 강 밖으로 터벅터벅 걸어갔다. 두실도 얼른 따라 나가며 말했다.

"사람이 빠져 죽은 줄 알고 깜짝 놀랐어. 왜 그렇게 가만히 있었어?"

가람비는 아무 대꾸도 없이 고개를 한쪽으로 기울여 귀에 들어간 물을 빼냈다. 두실은 저번에도 가람비가 말을 잘 못 듣던 걸 기억해 냈다. 그래서 얼른 가람비 오른쪽으로 서서 같은 말을 다시 했다. 그제야 가람비가 재밌다는 듯이 눈웃음 지었다.

"그렇게 둥둥 떠 있으면 잡생각이 사라지거든. 물과 하늘 사이에 나만 있는 기분이 들어. 난 그 기분이 참 좋더라."

두실은 가람비의 말이 마음에 들었다. 똑같은 상황은 아니지만 두실이 무언가를 만들고 있는 때 꼭 그런 기분이 들었다. 걱정거리는 모두 사라지고 그저 편안한 상태, 가슴 한가운데 깊고 깊은 곳에 자리한 마음의 밭에서 조나 수수 같은 작물이 무럭무럭 자라고 있는 느낌.

"이거 먹자!"

언제 잡아서 넣은 건지 가람비가 허리춤에 찬 자그마한 망태기에서 물고기 몇 마리를 꺼냈다.

"네가 잡았어?"

"응!"

"맨손으로?"

"당연하지."

두실은 몹시 놀랐다. 낚시나 작살이 아니라 그냥 손으로 물고기를 잡다니. 두실은 상상도, 시도도 해볼 수 없는 일이었다.

"불 붙일 줄 알지?"

"어? 그, 그럼!"

두실은 얼른 부싯돌로 쓸 만한 것을 찾았다. 그 사이 가람비가 마른 풀과 나뭇가지를 들고 왔다. 두 아이는 나무 그늘 아래 자리를 잡고 물고기를 굽기 시작했다.

"사냥 진짜 재밌지 않니?"

가람비의 질문에 두실은 뭐라고 답해야 좋을지 몰라 머뭇댔다.

"왜? 너 혹시 진짜 사냥이 싫어?"

"어? 아니 그게……."

"지난번 꿩도 네가 잡은 거 아니지? 나 다 봤어. 너도 분명 활을 가지고 있었는데 너는 쏘지 않았어. 그건 좀 이상하잖아? 활을 들었는데 쏘지는 않고 멍하게 화살이 날아간 자리만 보고 있는 게. 그래서 생각했지. 아, 쟤는 사냥을 싫어하는구나."

가람비가 후루룩 쏟아 내는 말을 들으며 두실은 좀 멍해졌다. 두실이 사냥을 떠올릴 때 드는 생각은 싫다는 것과는 뭔가

좀 달랐다. 두려움. 그게 더 가까웠다.

"겁이 나서 그래. 잘 못 할까 봐 무서워서."

물고기를 꽂은 나뭇가지를 돌리던 가람비가 놀랍다는 듯이 두 눈을 둥그렇게 떴다.

"넌 내일을 사는구나?"

"어?"

"아직 일어나지 않은 일을 걱정하니까 내일을 사는 거지. 돌아가신 어머니가 그랬어. 옛날 일만 생각하면서 살면 그 사람한텐 어제뿐이고, 걱정만 하며 사는 사람한텐 내일뿐이래. 오늘이 없는 거지. 그렇게 살면 눈 감기 전에 후회한대."

두실은 잠시 멍해졌다. 가람비의 말이 맞다는 생각이 들면서도 왠지 모르게 혼나고 있는 기분이 들었다.

"그, 그래서 너는 오늘을 살아? 늘 기쁘게?"

두실의 목소리가 뾰족해진 걸 느꼈는지 가람비가 두실을 보고 부드럽게 웃었다.

"기분 나쁘라고 한 말은 아니야. 그냥 그렇다는 거지. 우리 어머니 말이 꼭 맞다는 법도 없잖아. 난 가끔 어제도 살다가, 내일도 살고, 오늘도 살아. 왔다 갔다 해. 그럼 그냥 그런가 보다 해. 단지 오늘도 오늘을 살아야지, 마음먹을 뿐이야."

가람비의 차분한 목소리를 듣고 있자니 두실의 날카로운 마음도 스르륵 무뎌지는 것 같았다.

"난 사실 만드는 걸 좋아해. 사냥은 어려워. 그래서 연습하고 있는데 잘 안 돼. 그게 또 속상하고 화가 나."

"그렇구나. 나는 사냥이 좋은데 여자는 이래야 한다, 저래야 한다 말 듣는 게 제일 싫어. 왜 여자는 사냥꾼이 될 수 없어? 왜 여자애들한테는 사냥을 안 가르쳐?"

가람비의 목소리가 점점 커지는 걸 보던 두실이 피식 웃었다.

"그렇지! 왜 남자는 꼭 사냥꾼이 되어야 해? 왜 남자가 만들기를 하면 굶어 죽기 딱 좋을 거라고 해? 왜 첫 사냥에 성공하지 못한 남자를 바보 취급해?"

이번엔 가람비가 킥킥대며 웃었다. 그러더니 다 구워진 물고기 한 마리를 두실에게 건네며 말했다.

"안 되겠다. 우리 둘이 몸을 바꾸자!"

두실과 가람비는 재밌다는 듯 깔깔댔다. 그러고는 입 주변이 시커멓게 되도록 물고기를 뜯어 먹었다.

"그냥 나로 살면 좋겠다. 달라지려고 애쓰지 말고, 원래의 나 대로."

물고기를 다 먹고 드러누워 하늘을 보던 가람비가 말했다. 두실도 하늘을 올려다봤다. 뭉게뭉게 흘러가던 구름이 어느 틈에 아버지 얼굴처럼 변했다. 금세 코끝이 시큰했다.

"하지만 난 사냥꾼이 되어야만 해. 돌아가신 아버지를 위해서라도. 아버지는 내가 사냥꾼이 되지 못할까 봐 늘 걱정이 많으셨거든. 하늘에서도 걱정만 하게 해드릴 수는 없잖아. 어떻게든 보여 드려야만 해."

"그렇구나. 난 사실 이제 물에 들어가면 안 돼. 한쪽 귀가 멀었거든. 우리 아버지는 갈대 마을에서 태어났는데 세상 구경하고 싶어서 떠돌이가 됐대. 그러다 바닷가 마을에서 우리 어머니를 만나 살게 된 거야. 어머니가 물질을 하다 돌아가시고, 나도 한쪽 귀가 안 들리니까 그게 다 바닷가에 살아서 그렇다고 생각하셨나 봐. 어느 날 갈대 마을로 돌아가자고 하시더라. 그리고 절대로 물에는 들어가지 말라고 하셨지. 그런데 나는 강물을 보면 참을 수가 없었어. 물은 내가 태어난 곳인 것만 같거든. 그래서 아주 가끔만 몰래 들어가는 거야. 그러니까 절대로 비밀 지켜야 해, 알겠지?"

사뭇 진지해진 가람비의 표정에 두실은 입을 꾹 다물고 고개를 끄덕였다.

─부우우우, 부우우우!

어디선가 두실은 한 번도 들어본 적 없는 소리가 났다. 가람비가 몸을 곧추세우고 먼 곳을 바라보더니 서둘러 자리를 정리했다.

"왜 그래? 이거 무슨 소리야?"

"고동 소리. 소라 껍데기 같은 거 말이야. 아버지가 날 부르고 계셔. 강 너머에서 도둑 떼한테 당한 마을이 있다나 봐. 그래서 요즘 잔뜩 날카로우시거든. 그만 가볼게!"

"그래, 다음에 봐!"

두실은 사뿐사뿐 달려가는 가람비의 뒷모습에 대고 힘차게 손을 흔들었다.

8. 범 아저씨

집으로 돌아가는 길, 산뜻하게 개었던 두실의 마음에 점점 그늘이 졌다. 새로 지은 움집이 눈에 들어오기 시작하면서부터였다. 여전히 누워 계실 어머니의 뒷모습을 상상하자 온몸이 바닥으로 달라붙는 기분이었다.

"다시 어제를 사네. 오늘을 살자, 오늘을."

두실은 가람비의 말을 떠올리며 애써 기분을 바꿔 보려 했지만 잘 되지 않았다.

"다녀왔습니다."

두실은 습관적으로 인사하며 사냥 도구들을 정리했다.

"아버지는 기뻐하셨어……."

어머니 목소리에 놀란 두실이 뒤로 돌았다. 어느새 자리로 앉은 어머니가 조개 목걸이를 조심스럽게 쓰다듬고 있었다.

"세상에 이렇게 멋진 목걸이는 처음이라 하셨지."

"설마요. 사내라면 무조건 사냥을 해야 한다고 늘 말씀하셨 잖아요."

어머니가 천천히 고개를 가로저었다. 그리고 두실에게 가까이 오라고 손짓했다. 두실은 어머니 앞으로 앉았지만 눈을 바로 볼 수 없어 고개를 떨궜다. 아버지가 돌아가시자 어머니를 바로 보는 것이 힘들었다. 모든 게 자기 잘못 같았다.

"두실아."

어머니가 부드럽게 이름을 부르더니 양손으로 두실의 볼을 감쌌다. 두실은 겨우 고개를 들어 어머니의 눈을 바라보았다. 어머니의 눈동자 너머로 깊고 고요한, 보름달만 오롯이 떠 있는 밤하늘을 보는 것 같았다.

"아버지는 늘 안타까워하셨어. 네 재주를 자랑스럽게 말하지 못하는 걸 말이야. 두실아, 우리는 다른 사람들 눈치 보느라 애쓰지 말자. 그러느라 하고 싶은 걸 못 하고 살면 죽고 나서 얼마나 억울하겠니."

어머니가 머리맡에 있던 그릇을 두실에게 내밀었다. 커다란 조개껍데기와 뾰족하게 날이 선 돌멩이 몇 개가 보였다.

"너 주려고 하나둘 모아 놓았던 거야. 나도 이제 힘을 내야 지. 나가서 뭐라도 좀 얻어 오마."

어머니는 빈 그릇을 챙겨 움집 바깥으로 나섰다.

두실은 조개껍데기와 돌멩이를 한참이나 내려다봤다.

'아버지가 정말…… 날 자랑스러워하셨을까?'

두실이 돌멩이 하나를 집어 살며시 쓸어 보았다. 까끌까끌한 돌멩이가 꼭 아버지의 턱수염 같았다. 눈물이 핑 돌았다.

'그럼…… 하나씩만 만들자. 그래서 아버지 무덤에 올려 드리 자.'

두실은 돌칼을 집어 들고 조개껍데기에 구멍을 뚫기 시작했다. 아버지처럼 눈이 크고 콧방울이 둥글게 했다. 처음 만들 때보다 쉽게 모양을 잡았다. 활과 화살촉도 하나씩 만들었다. 화살촉 끝을 뾰족하게 가느라 어찌나 힘을 주었던지 손이 얼얼했다. 그래도 기분만은 최고였다.

'이러고 있으니까 진짜 나로 사는 것 같아.'

해가 버들산 너머로 기울 때쯤 조개 목걸이 하나, 활과 화살을 하나씩 완성했다. 두실이 벌떡 일어나 집 밖으로 나서는데 들어오던 어머니와 마주쳤다.

"저 아버지한테 다녀올게요!"

"아이고, 위험해. 내일 가거라. 곧 해가 질 텐데."

"금방이에요, 금방! 뛰어갔다 뛰어올게요!"

두실은 얼른 아버지의 무덤을 향해 달리기 시작했다.

저녁놀에 물들기 시작한 수풀을 지나 강이 내려다보이는 산 길로 막 접어들었을 때였다. 바위 하나를 넘어 아버지의 무덤 쪽으로 방향을 트는데 저 앞 풀숲에서 검은 줄무늬가 슬그머니 움직이는 게 보였다.

'범이다!'

두실은 너무 놀라 하마터면 그 자리에 선 채 오줌을 쌀 뻔했다. 머릿속에 어머니의 얼굴이 스쳤다.

'어머니가 기다리실 거야. 안 돼, 이렇게 죽을 순 없어!'

두실은 등 뒤로 메었던 활을 꺼내 들었다. 손끝이 바들바들 떨렸다. 울음이 터져 버릴 것 같은 걸 눌러 참으며 화살을 끼우는 순간, 범이 뒤로 돌았다. 검은 눈동자가 두실을 쏘아보았다. 불이 뿜어져 나올 것처럼 매서운 눈빛이었다.

"쉿!"

사람 목소리를 듣는 순간 두실은 다리에 힘이 풀려 그 자리에 주저앉았다.

정신을 차리고 보니 방금 두실이 본 것은 진짜 범이 아니라 범 가죽을 걸치고 있는 아저씨였다. 두실은 이마에 송골송골 맺혀 있던 식은땀을 닦아 내며 한숨을 쉬었다.

"쉿! 조용. 저 앞에 노루가 있다. 아주 큰 놈이야."

범 아저씨가 두실을 향해 낮은 목소리로 말했다. 그리고 두실이 손에 쥔 활을 가만히 쳐다보더니 자기 옆으로 오라고 손짓했다. 두실은 엉금엉금 기어 아저씨 곁으로 갔다. 아직도 놀란 마음이 진정되지 않아 온몸이 벌벌 떨렸다.

"화살 좀 빌려주겠니? 내 건 다 써 버렸구나."

두실은 덜덜 떨리는 손으로 화살을 건네주었다.

"고맙다."

아저씨는 수풀 속에서 화살을 끼웠다. 손놀림이 어찌나 빨랐

던지 침 한 번 꼴딱 삼킬 시간이었다. 아저씨가 한껏 숨을 들이
마시고는 벌떡 일어섰다.

－쉭!

화살이 날아갔다.

－컹!

저 앞에서 노루 울음소리가 들렸다.

"됐다!"

아저씨가 소리쳤다. 그리고 노루가 있는 곳을 향해 달렸다.
그제야 두실도 일어나 아저씨가 달려간 곳을 바라봤다. 제법
큰 노루가 옆구리에서 피를 흘리며 수풀에 드러누워 괴로워하
고 있었다.

아저씨는 노루 앞에 무릎을 꿇고 앉아 허리춤에서 돌칼을 꺼
냈고 눈 깜짝할 새 노루의 숨통을 끊었다. 노루는 신음 한 번
내지 않고 눈을 감았다. 아저씨는 그대로 눈을 감고서 중얼거
렸다.

"고맙습니다. 편히 쉬소서."

아저씨가 고개를 돌려 두실을 바라봤다. 그리고 활짝 웃으며
손을 흔들었다.

두실은 커다란 들소를 사냥하는 동굴 속 그림을 눈앞에서
본 듯했다. 가슴이 울렁거렸다.

"모두 네 덕분이다. 자, 받아라."

아저씨가 노루 뒷다리를 뚝 떼어 주었다. 그리고 옆구리에 꽂혀 있는 두실의 화살을 빼내어 요리조리 살폈다.

"정말 잘 만든 화살이구나. 어디서 났니?"

"제가…… 만들었어요."

아저씨가 놀란 눈으로 두실을 바라봤다.

"대단하구나. 어린아이가 이렇게 날카로운 화살촉을 만들다니. 내가 본 사냥꾼 중에 가장 좋은 화살을 가졌어."

두실은 처음으로 듣는 칭찬에 기분이 좋으면서도 얼떨떨했다.

"이런 화살을 또 만들 수 있겠니?"

두실은 고개를 끄덕였다.

"나는 갈대 마을에 사는 벼락치다. 다음번 보름달이 뜰 때 널 찾아가마. 활과 화살을 좀 만들어 주겠니? 그 대신 내가 고기를 좀 가져가마."

"정말요?"

두실은 고기를 받아 든 어머니가 환하게 웃는 얼굴이 떠올랐다. 제 일처럼 기뻐할 흰달의 얼굴도 떠올랐다. 가슴이 쿵쿵 뛰었다.

"당연하지. 다음에 보자, 사냥꾼……."

"두실이에요! 저 아래 버들숲 마을에 사는 두실이요. 하지만

사냥꾼은 아니에요. 제힘으로 사냥을 해본 적이 한 번도 없는
걸요."

벼락치 아저씨가 부드럽게 웃었다.

"활을 쏘아 맞혀야만 사냥꾼이겠니? 넌 오늘 아주 용감했고
세상에서 제일 멋진 활과 화살을 가지고 있었어. 네 화살이 노
루를 잡은 거야. 그러니 너도 사냥꾼이지."

"정말요?"

"그래, 사냥꾼 두실아. 보름달이 뜨는 날 보자!"

아저씨가 노루를 들쳐 업고 풀숲을 가로질러 샛길로 걸어갔
다. 그제야 두실은 제자리에서 방방 뛰었다.

'사냥꾼이래. 나보고 사냥꾼 두실이래!'

뜨거운 불기둥이 몸 안에서 활활 타오르는 기분이었다. 소리
지르고 춤추고 마음껏 웃고 싶었다. 그런데 눈물이 흘러내렸
다. 한없이 기쁜데 눈물이 흘러내렸다.

"어머니, 어머니께 알려 드려야 해!"

두실은 있는 힘을 다해 버들숲 마을로 달렸다.

9. 약속의 날

두툼한 고깃덩이를 본 두실의 어머니는 할 말을 잊은 듯 멍하게 서 있기만 했다.

"진짜라니까요, 어머니. 이 고기는 제 화살 덕분에 얻은 거예요. 사냥꾼 아저씨가 그랬어요. 저도 사냥꾼이라고요. 노루 뒷다리를 곰치 아저씨한테 갖다 드렸더니 이렇게 갈라서 나눠 주셨어요. 이건 우리 몫이에요. 저도 우리 마을 사람들이 먹을 고기를 가져온 거예요!"

신이 나서 떠들어 대는 두실을 보던 어머니 눈가에 눈물이 고였다.

"고맙다, 두실아. 고마워. 아버지도 기뻐하실 거야."

어머니의 목소리가 떨렸다. 두실은 울컥대는 마음을 진정시키고 어머니 손을 꼭 잡았다.

"이제 걱정 마세요. 제가 직접 잡는 게 아니라도 얼마든지 고기를 얻을 수 있다는 걸 알게 됐어요. 고기랑 활을 바꾸기로 했거든요. 제가 활과 화살을 만들면, 그 대신 고기를 받는 거예요. 왜 이런 생각을 더 일찍 하지 못했을까요?"

두실의 머릿속엔 움집 가득 먹을 것이 쌓인 그림이 그려졌다. 갈대 마을뿐 아니라 좀 더 먼 곳까지 가서 고기를 받아오는 것도 가능했다. 어쩌면 두실의 활과 화살이 유명해져서 많은 사람들이 버들숲 마을을 찾아오게 만들 수도 있을 것이다. 두실의 입가에서 비실비실 웃음이 새어 나왔다.

그날 저녁 두실의 집은 고기 익는 냄새로 가득 찼다. 두실은 직접 가져온 고기를 씹고 또 씹으며 이 기회를 절대로 놓치지 않으리라 다짐했다.

'보름달이 뜨는 날, 난 벼락치 아저씨께 최고의 활과 화살을 드릴 거야. 반드시!'

다음 날 아침 일찍부터 두실은 활과 화살을 만드는데 온 마음을 쏟았다. 그 옆을 든든히 지켜 준 것은 흰달이었다.

흰달은 두실에게 재료로 쓸 만한 좋은 나무와 돌멩이를 구해다 주었다. 벼락치 아저씨와 있었던 일을 전해 듣는 것은 덤이

었다.

"이야, 들어도 들어도 신기하고 재밌다. 어쩜 그렇게 만나서 사냥을 함께하게 됐을까? 이렇게 고기랑 활을 바꾸게 된 것도 너무 신기해! 지금껏 내가 알고 있던 세상이 전부가 아니라는 생각이 들어. 이걸 뭐라고 말해야 좋을지 모르겠는데, 내가 갈 수 있는 세상이 이~만큼 넓어진 느낌이야."

흰달이 양팔을 활짝 벌렸다.

"두실이 넌 어때?"

"나도. 정해진 대로만 살 필요가 없는 거 같아. 새롭게 정하면 되는 거야. 내가, 또 우리가."

"맞아! 우와, 진짜 너무 신나는 말이야. 우리가 정하는 대로!"

흰달이 활짝 웃는 모습에 두실 역시 뿌듯했다.

일곱 밤이 지났다. 어느새 달은 둥글어졌고 내일이면 꽉 찬 모양이 될 것이다. 두실은 기쁜 마음으로 만들어 놓은 활과 화살을 살폈다. 흠이 난 곳은 없는지, 덜 갈린 곳은 없는지 보고 또 봤다. 크기를 다르게 한 활이 열 개, 화살은 오십 개나 만들었다. 이 정도면 고기와 바꾸는 데 충분할 듯했다.

"벼락치 아저씨가 온다고 했다는 거지?"

"응, 직접 가지러 오신댔어. 내일 마을 앞쪽에 나가서 기다리자."

"으으, 떨려. 얼마나 큰 고기를 가지고 오실까? 지난번 노루 고기도 진짜 맛있었는데, 벌써 군침 돈다!"

흰달과 두실은 서로를 바라보다 웃음을 터트렸다.

다음 날 일찍, 두실은 활과 화살을 들고 하늘나무 아래로 갔다. 마을로 들어서자마자 보이는 가장 큰 나무이니 벼락치 아저씨가 못 보고 지나칠 일은 없을 것이다. 조금 뒤 흰달이 왔다. 벼락치 아저씨를 기다리는 동안 흰달은 창던지기 연습을 하고 두실은 돌멩이를 갈았다. 시간을 보내기에 그만큼 좋은 것은 없었다.

해가 머리 꼭대기에 떴다. 흰달은 활쏘기 연습을 하고 두실은 나뭇가지를 주우러 다녔다. 벼락치 아저씨의 모습은 보이지 않았다. 늦은 오후, 흰달은 나무 아래서 잠이 들고 두실은 창 하나를 완성했다. 언뜻 잠에서 깬 흰달이 눈을 끔벅이더니 두실에게 물었다.

"그 아저씨가 약속을 잊은 건 아닐까?"

두실은 창을 다듬으며 대수롭지 않게 대답했다.

"설마. 아닐 거야."

"혹시, 뭔가 급한 일이 생겼을까? 오늘 오지 못할 아주 중요한 일."

사냥꾼에게 무기만큼 중요한 일이 또 있을까 싶었지만, 두실이 대답하기 전에 흰달이 자리에서 일어섰다.

쿵쿵, 뭔가 냄새를 맡던 흰달이 나직이 말했다.

"나무 타는 냄새 나지 않아? 너도 맡아 봐."

두실은 흰달을 따라 고개를 쳐들고 콧구멍을 벌름거렸다. 언뜻 그런 것도 같고 아닌 것도 같았다. 그러는 사이 흰달이 마을을 둘러보았다.

"이상하네. 밥때가 아니라서 지금 불을 피우는 집은 없을 텐데."

흰달이 인상을 찌푸렸다. 아무 생각 없이 창끝을 들여다보던 두실의 머릿속에 번뜩 가람비의 목소리가 스쳤다.

'강 너머에서 도둑 떼한테 당한 마을이 있다나 봐.'

두실은 자리에서 벌떡 일어섰다. 가슴이 쿵쿵 뛰었다.

"우리가 가 보자. 기다리는 것보다 그게 나을 것 같아."

"갈대 마을에 간다고? 지금? 돌아오기 전에 해가 다 질 텐데."

"네 말대로 뭔가 중요한 일이 생긴 걸 수도 있잖아. 가 보자. 가 봐야 할 것 같아. 어? 저기 물놀이 하던 애들 온다. 쟤들한테 우리 다녀온다는 거 집에 전해 달라고 부탁하자."

잠시 생각하던 흰달이 고개를 끄덕였다.

두실과 흰달이 갈대 마을에 도착한 건 해가 뉘엿뉘엿 지고 땅바닥에 온갖 그림자가 짙어지기 시작한 때였다. 버들산 중턱에서부터 보이기 시작한 갈대 마을의 모습은 처참했다. 불탄 집들 사이로 사람들이 이리저리 뛰어다녔다. 두실과 흰달은 놀란 마음을 부여잡고 겨우겨우 갈대 마을 근처로 가 나무 뒤로 숨었다. 바닥에 쓰러진 사람들 사이로 급히 달려가는 아이의 뒷모습이 보였다.

'가람비다!'

두실이 다짜고짜 달리기 시작하자 흰달도 덩달아 뛰었다. 한 움집 앞에서 가람비를 따라잡은 두실이 외쳤다.

"가람비!"

가람비가 뒤돌아보더니 두 눈이 둥그레졌다. 가람비의 얼굴이 땀과 눈물로 범벅이었다. 두실이 다가서며 물었다.

"이게 다 무슨 일이야?"

"도둑이, 도둑 떼가 왔었어. 아버지가 다치셨어. 나 좀 도와 줘."

"그래, 알았어."

두실과 흰달은 가람비를 따라 집 안으로 들어갔다. 바닥에 쓰러진 사람은 두실과 만나기로 했던 벼락치 아저씨였다. 두실은 너무 놀랐지만 우선은 아저씨를 살리는 일이 중요했다.

가람비가 약초를 찧어 아저씨 옆구리 쪽과 다리에 발랐다.

"뭘 도와줄까?"

두실의 질문에 가람비가 그릇 하나를 내밀었다.

"물, 물 좀 떠다 줄래?"

"그래, 알았어!"

두실이 나가려 하자 흰달이 붙잡았다.

"내가 다녀올게. 넌 여기 있어."

멀리서 개 짖는 소리가 들렸다. 길게 늘어지는 울음소리가 무척이나 구슬펐다.

"사냥꾼들이 데리고 다니는 개인데, 주인아저씨가 돌아가셨거든. 저렇게 계속 울어. 나쁜 놈들! 다 가지고 가 버렸어. 무기며, 곡식이며, 고기며, 하나도 남겨 놓지 않고."

가람비가 눈가를 쓱 닦아 내더니 두실이 바닥에 내려놓은 것들을 돌아보았다.

"그런데 이게 다 뭐야. 활이랑 화살이랑, 뭘 이렇게 많이 들고 왔어?"

그러더니 번뜩 놀라 뒤돌아봤다.

"너였구나! 아버지가 오늘 좋은 활을 가지러 버들숲에 가야 한다고 했거든. 엄청 들떠 하셨는데, 널 만나러 가시던 거였어. 맞지?"

두실이 고개를 끄덕였다.

"미안해서 어쩌니. 열심히 만들었을 텐데 아버지가 이렇게 되셨으니. 당장 바꿔 줄 고기도 없고."

"괜찮아. 지금 그게 중요한 게 아니잖아."

문득 벼락치 아저씨가 입맛을 다시며 헛기침을 했다. 목이 마른 듯했다. 때마침 흰달이 물을 가득 퍼 왔다. 가람비는 그릇을 받아 아저씨 입에 적셔 드리기도 하고 몸을 닦기도 했다. 두실과 흰달은 한쪽으로 비켜 앉아 무거운 머릿속을 정리했다. 당장 도둑 떼가 버들숲 마을로 가면 어쩌나 싶었다.

"우리 아버지가 그렇게 준비해야 한다고 말해도, 다들 넋 놓고 있다가 이렇게들 당했어. 하긴 얼마나 무서운 놈들인지 모를 만도 했지."

가람비의 말은 꼭 전에도 이런 도둑을 만난 적이 있다는 뜻으로 들렸다.

"넌 어떻게 알았는데?"

흰달이 묻자 가람비가 한숨을 푹 쉬었다.

"나 예전에 바닷가 마을에 살았거든. 그때 먼 곳에서부터 도둑질을 하고 다니는 무리가 있다는 얘기를 들었어. 어느 날엔 우리가 살던 곳까지 들어와서 마을을 다 뒤집어엎었어. 자기들 편이 되면 목숨은 살려 주겠다고도 했고. 진짜로 그자들을 따라간 사람도 있었어."

"왜 남의 것을 탐해? 그 사람들은 집이 없어?"

"자기들 살림터가 있는데 땅을 늘리려고 다른 마을을 부수고 다닌다나 봐. 그렇게 부순 마을은 자기 것이라면서 창끝에 뭔가를 매달아서 거꾸로 꽂아 둔대."

두실은 도무지 이해가 되지 않았다. 왜 남의 땅에 마음대로 들어와서 자기 땅이라고 말도 안 되는 헛소리를 하는지, 그걸 위해 사람들을 다치게 하는지, 다른 이들이 열심히 가꾸고 모은 것들을 아무렇지 않게 가져가는지 말이다. 무엇보다 화가 났다. 버들숲 마을이 다른 놈들 손에 들어가는 꼴은 두고 볼 수 없을 듯했다.

"그래서 그놈들이 여기에 창을 꽂았어?"

"아니. 못 그랬어. 아버지랑 다른 아저씨들이 가만있지 않았거든. 계속, 계속 싸웠어. 아침부터 저녁이 다 될 때까지. 마을 안에서 계속. 그러다가 아버지가 다치신 거야."

한편으로는 다행스럽고 한편으로는 걱정스러운 한숨이 절로 나왔다.

그날 밤, 두실과 흰달은 가람비네 집 한쪽에 자리를 잡고 앉았다. 마음 같아선 당장이라도 버들숲으로 달려가고 싶었지만 깜깜한 밤중의 산속과 들판은 맹수들의 사냥터였다. 그 길에 들어서는 건 '날 잡아 잡수시오.' 하는 것과 똑같았다. 할 수 없이 새벽이 오기를 기다렸다. 밤새 벼락치 아저씨를 돌보던 가람비는 앉은 채로 꾸벅꾸벅 졸았다. 두실과 흰달도 함께 졸다 까무룩 잠이 들고 말았다.

어느새 새벽빛이 갈대 마을에 닿았다.

–깽!

개의 신음 소리가 났다. 두실은 그 소리에 번뜩 놀라 눈을 떴다. 그리고 옆에서 몸을 일으키는 흰달과 눈이 마주쳤다. 둘은 마주 보자마자 고개를 끄덕였다. 얼른 자리를 정리하고 일어서는데 가람비가 비칠비칠 일어나 앉더니 벼락치 아저씨를 살폈다.

"괜찮으시니?"

두실의 물음에 가람비가 고개를 끄덕였다.

"이제 열은 나지 않는 거 같아. 얼굴빛도 많이 좋아지셨어."

"다행이다. 그럼 우린 이만 갈게."

"그래, 고마웠어."

두실과 흰달은 가지고 왔던 활과 화살은 그대로 두고 자리에서 일어섰다.

"아버지 잘 돌봐 드리고 너도 몸조심하고 있어. 또 올게."

두실의 말에 가람비가 고개를 끄덕였다. 함께 인사를 나누고

밖으로 나서던 흰달이 우뚝 멈추어 섰다.

"왜 그래?"

두실이 물어도 흰달은 아무 대답이 없었다. 두실은 조금 비켜서 앞으로 한 걸음 나아갔다. 저 멀리, 범 한 마리가 개의 목덜미를 물고 이쪽을 노려보고 있었다.

10. 오늘을 기다렸다

 범이 입에 물고 있던 개를 옆으로 휙 던졌다. 그리고 한 걸음, 한 걸음 다가왔다. 양 눈 위쪽으로 활처럼 휘어지는 세 개의 검은 줄무늬, 콧잔등 깊숙이 베인 상처, 절뚝이는 걸음걸이. 두실은 온몸을 부르르 떨었다. 달새 아저씨의 마지막 모습이 눈앞에 펼쳐지는 듯했다.

 "흰달아, 저놈……."

 "맞아, 그놈이야. 확실해."

 흰달이 재빨리 활을 들었다.

 두실은 범이 콧김을 뿜어내며 다가오는 모습을 넋 놓고 바라보았다. 온몸이 굳기라도 한 것처럼 옴짝달싹하기 어려웠다. 그런데 저만큼 앞쪽, 범이 한 번 뛰어오르면 바로 닿을 거리의 움집에서 어린아이가 눈을 비비며 걸어 나왔다. 이제 다섯 살이나 되었을까. 하품을 쩍 하던 아이가 문득 뒤로 돌았다. 범이 코앞에 보였을 것이다. 아이도 놀랐던지 나무처럼 우뚝 서 있기만 했다.

두실도 번뜩 정신을 차리고 활에 화살을 끼웠다. 그리고 소리쳤다.

"도망쳐!"

아이가 놀라 뒷걸음질 치다 넘어졌다. 두실은 있는 힘껏 앞으로 달려 나가며 활을 쏘았다. 할 수 있다, 할 수 없다를 가늠하기 전에 본능적으로 움직여진 것이었다. 화살이 맞고 안 맞고도 다음 일이었다. 아이를 살려야 했다. 살리고 싶었다. 뒤쪽에서 창살 하나가 휘리릭 날아가 범 앞에 쿡 박혔다. 그 덕에 범이 방향을 바꿨다. 가람비가 던진 것이었지만 아이를 안아 올리느라 두실은 보지 못했다. 범이 방향을 바꾸자마자 두실은 다른 쪽으로 달리기 시작했다.

그 사이 흰달은 활을 쏘고 또 쏘았다. 한번은 뒷다리를 스쳤고, 한번은 옆구리에 박혔다. 크흐와와왕! 범의 포효가 갈대마을을 뒤흔들었다. 흰달은 아랑곳하지 않았다. 범이 흰달 쪽으로 달렸다. 흰달도 범에게 달렸다. 뒤쪽에선 가람비가 던진

창살이 날아갔다. 몇 걸음이면 서로에게 닿을 마지막 순간, 흰달은 범의 정수리로 돌도끼를 던졌다. 휘리리리릭 돌던 도끼가 이마 가운데 팍! 꽂혔다. 범이 달리던 속도를 이기지 못하고 앞으로 쭉 미끄러지며 쓰러졌다. 흙먼지가 일었다. 흰달은 활을 겨눈 채 범 가까이 조심스레 다가갔다.

 ─ 크르륵, 크르륵…….

끊길 듯 끊기지 않던 범의 숨소리가 사라지고 나서야 흰달은 그 자리로 쓰러지듯 주저앉았다.

가람비가 흰달에게 달려왔다.

"괜찮아? 안 다쳤어?"

흰달은 멍한 얼굴로 고개를 끄덕였다.

"오늘만 기다렸어, 오늘만……. 그런데 겨우, 이게 끝이라니……."

두실은 얼른 흰달을 끌어안았다. 흰달의 온몸이 벌벌 떨리는 게 느껴졌다.

"흰달아, 그동안 정말 마음고생 많았어. 정말 대단해. 달새 아저씨가 고마워하실 거야……."

흰달은 대답 없이 숨이 끊어진 범을 바라보기만 했다. 가람비가 무슨 말인가 싶어 두실을 바라봤다. 두실은 흰달이 잡은 범과 흰달의 아버지에 대한 이야기를 들려주었다.

"세상에! 그런 일이 다 있었구나. 정말로 마음이 많이 아팠겠다. 나 같아도 되갚아 줄 날만 손꼽아 기다렸을 거야."

흰달은 눈물을 닦아 냈다.

"아버지 돌아가시던 날 큰뫼 아저씨가 그랬어. 저놈도 살려는 것이었고, 우리도 살려는 것이었으니 오늘 일은 잊어야 한다고. 그땐 그 말이 너무 서운했는데 이제야 아저씨 마음을 알 것 같아. 범도 우리도, 각자의 일을 했을 뿐인 거야."

흰달이 고개를 돌려 주변을 두리번거렸다.

'범의 새끼가 이 광경을 보았다면 되갚아 주고 싶겠지?'

다행히 범의 새끼는 보이지 않았다. 대신 두실이 데리고 피했던 아이와 눈이 마주쳤다. 아버지를 살릴 수는 없었지만 이 어린아이를 살릴 수 있었다고 생각하니 애틋한 마음이 들었다.

저만치에서 아이의 어머니가 급히 달려왔다. 물그릇이 바닥으로 떨어져 나뒹굴었다.

"잠깐 물 길으러 간 사이에, 이게 다 무슨 일인지……."

어머니가 아이를 꽉 끌어안으며 덜덜 떨리는 목소리로 말했다.

"어휴, 고맙습니다. 정말 고맙습니다. 절대 잊지 않을게요, 정말 고마워요……."

아이의 어머니는 격한 마음을 억누르지 못하고 흐느껴 울기까지 했다. 흰달과 두실, 가람비는 눈을 마주치자마자 미소 지

었다. 누군가를 구해 냈다는 것이 무엇과도 바꿀 수 없는 기쁨이 된다는 걸 처음 알았다.

"두실아, 흰달아. 어서 버들숲 마을로 가자. 아버지가 조금 전에 눈을 뜨셨는데, 거기도 위험할 수 있대. 밤사이 어디 숨었다가 배를 타고 강을 거슬러 올라갈 수 있다고, 얼른 사람들에게 알려주라고 하셨어. 이리 와. 강가로 가서 배를 타자. 아버지가 숨겨 놓은 배가 있어."

"응."

"그래."

두실과 흰달은 가람비가 이끄는 대로 갈대밭으로 달렸다.

11. 버들숲의 전투

어른 키보다 높은 갈대밭 안쪽에 네 사람 정도는 너끈히 탈 만한 배가 매어 있었다.

"우리 아버지가 질 좋은 소나무로 정성스럽게 만든 배야. 통나무 속을 다 긁어내느라 얼마나 애를 썼는지 몰라. 갈대 마을에 올 때 타고 온 거야. 엄청 빨라."

가람비의 말에 두실은 한시름 놓았다. 산을 돌아 뛰어가는 것보다는 빨리 마을에 닿을 수 있을 듯했다. 가람비가 커다란 돌에 매어 두었던 끈을 풀고 배를 밀기 시작했다. 두실과 흰달도 얼른 달라붙었다. 갈대밭을 가로질러 조금 나아가자 축축한 물기가 느껴졌다.

"조금만 더 가면 강이랑 만나!"

가람비 말처럼 곧 찰랑이는 강물 위로 배가 둥실 떠올랐다. 가람비가 제일 앞에, 흰달이 제일 뒤에, 가운데에 두실이 앉았다. 다행히 바람이 버들숲 마을 쪽으로 불었지만 노가 두 개뿐이어서 번갈아 가며 노를 저었다.

두실과 흰달은 속이 울렁대는 것을 참느라 애를 먹었다. 버들숲 마을에는 배를 타는 사람이 거의 없었다. 배가 뒤집히며 아버지와 아들이 함께 죽는 사고가 난 뒤로 배를 멀리한 탓이

다. 그러니 두실이나 흰달이나 배가 어색하고 힘든 것이 당연했다.

"어우, 속이 막 울렁울렁해."

두실이 인상을 찌푸렸다.

"노 이리 줘. 넌 고개 들고 저기 멀리 보고. 숨 크게 쉬고."

가람비가 한참 동안 노를 저었다. 버들산을 타고 도는 강줄기를 지나 조금 더 올라가니 저만치 앞에 배가 보였다. 노를 젓던 가람비가 멈칫하더니 뒤돌아봤다.

"그놈들 배가 분명해. 벌써 마을에 도착했나 봐. 어쩌지?"

두실은 실망했다. 땅의 모양이 움푹 들어간 편이고 강가에 커다란 버드나무가 많아 그 안쪽에 사람이 사는 것을 모르고 지나치길 바랐는데 너무나 정확히 버들숲 마을 앞에 배를 대어 놓은 것이다. 두실이 머뭇대는 사이 흰달이 기슭 방향으로 가기 위해 노를 저었다.

"가까이 가면 들킬지도 몰라. 우리는 여기다 배를 대고 풀숲 쪽으로 숨어서 가자."

흰달의 말에 두실과 가람비가 고개를 끄덕였다. 조금 뒤 아이들은 강기슭 풀숲에 배를 숨겼다. 곧장 풀숲으로 뛰어들려던 가람비를 두실이 붙잡아 세웠다.

"저 배, 그놈들이 타고 가지 못하게 줄을 풀어 버릴까?"

흰달과 가람비가 두실을 보더니 씩 웃었다. 아이들은 몸을
한껏 낮추고 풀숲을 기다시피 해서 배 근처에 다다랐다. 배는
총 세 대였고 모두 모래밭 끝까지 끌어 올려져 있었다. 배 끝에
연결된 긴 줄은 강가 버드나무에 매여 있었다. 두실이 늘 앉아
있던 곳이다.

"하필 저기다 매 놓다니. 기분 나쁘게!"

아이들은 얼른 버드나무로 뛰었다. 줄을 묶은 방법이 두실과
흰달, 가람비가 알고 있는 것과 달랐다.

"안 되겠어. 내가 자를 테니까 너희는 가서 배를 밀어."

두실의 말에 흰달과 가람비가 고개를 끄덕였다. 무엇이든 자
르고 갈고 다듬는 것이라면 두실을 따를 사람이 없다는 걸 아
는 터였다. 두실은 평소 날카롭게 갈아 두었던 돌칼을 들어 쓱
쓱, 줄을 자르기 시작했다. 땀방울이 절로 흘러내렸다. 두실
은 이를 악물었다. 그리고 온 힘을 다해 칼질을 했다. 하나, 둘,
셋! 세 개의 줄이 모두 잘려 나갔다. 두실이 팔을 번쩍 추켜올
리자 흰달과 가람비가 있는 힘껏 배를 밀어냈다. 첨벙, 첨벙.
탁, 탁! 강물 위로 밀려 나간 배들이 저들끼리 부딪치며 돌다가
물살을 따라 아래로 떠내려가기 시작했다.

'거참, 속 시원하네!'

두실은 그 꼴을 보고 있자니 뱃속에서부터 웃음이 끓어올

랐다.

흰달과 가람비가 힘껏 달려 두실 곁으로 다가왔다.

"잘했어! 정말 빨리 자르더라? 역시, 대단해!"

가람비가 엄지를 추켜올리며 하는 말에 두실이 활짝 웃었다.

"만들기 하면서 돌칼 쓰던 솜씨를 이렇게 쓰게 되네."

뒷머리를 긁적이는 두실 곁으로 다가온 흰달이 칭찬이라도 하는 듯 두실의 어깨를 토닥였다.

"가자!"

"그래!"

아이들은 버드나무를 지나 언덕을 조금 올랐다. 그런 다음 얼른 풀숲으로 뛰어들어 버들산 쪽으로 올라갔다. 버들산 아래쪽에 나지막한 언덕이 있는데 그곳에 서면 마을 이곳저곳이 잘 보였다.

"여기로 와. 여기가 제일 잘 보여."

흰달의 말에 두실과 가람비가 바위 뒤에 몸을 바짝 붙이고 한 곳을 바라보았다. 나무들 사이로 하늘나무가 보이고 그 주변에 무릎을 꿇고 앉은 사람들이 보였다. 창을 든 사람들이 주변을 어슬렁거렸고 겁을 먹은 아이들이 울음을 터트렸다. 두실은 온몸이 뜨거워졌다. 당장이라도 달려가 저들을 혼내 주고 싶었다.

"두실아, 지금 화살이 몇 개지?"

흰달의 질문에 두실은 가지고 있는 화살 수를 세었다. 새로 만들었던 화살은 벼락치 아저씨네 두고 오는 바람에 남은 것은 스무 개 정도였다. 세 아이 모두 활을 들고 있었지만 화살이 날아가는 거리가 있어서 하늘나무 가까이 가야 쓰기 좋을 터였다. 게다가 저들은 창을 여러 개 가지고 있었는데 아이들에게는 그마저도 없었다.

'무기가 있어야 해. 무기를 만들어야 해!'

두실이 주변을 두리번거렸다. 저만치 억새밭이 보였다. 두실은 얼른 억새밭으로 들어가 억새를 뽑기 시작했다.

"왜 그래? 뭐 하려는 거야?"

가람비가 물었다.

"돌, 돌멩이 좀!"

두실의 말에 흰달이 먼저 움직였다. 두실은 억새 몇 가닥을 꼬아 엮어 긴 줄처럼 만들었다. 그 끝에 돌멩이를 매달았다.

"창 대신 이거라도 던지자. 끈이 달려서 다시 끌어올 수도 있으니까 몇 개라도 만들면 도움이 될 거야."

흰달과 가람비도 얼른 자리를 잡고 앉아 억새를 뽑기 시작했다. 그런데 얼마 뒤 풀숲 사이로 검은색 줄무늬가 슥 지나가는 게 보였다. 흠칫 놀란 흰달이 활을 들어 올리자마자 두실이 흰

달의 팔을 잡아챘다.

"잠깐."

두실의 눈길이 풀숲 가운데로 닿았다.

"벼락치 아저씨?"

풀숲이 갈라지며 진짜 벼락치 아저씨 얼굴이 나타났다.

"아버지!"

가람비가 놀라 다가서자 벼락치 아저씨가 괜찮다는 듯 고개를 끄덕였다.

"너희가 우리 마을 아이를 도왔다고 들었다. 우리도 너희를 돕겠다."

벼락치 아저씨 뒤로 사냥꾼 세 명이 더 있었다. 아이들은 고마운 마음으로 인사를 나눴다.

벼락치 아저씨가 앞으로 나서며 마을 곳곳을 바라봤다. 두실은 마을이 어떤 모양으로 생겼는지 알려주었다.

"하늘나무에서 가장 멀리 있는 움집에는 사람이 살지 않아요. 바닥을 더 깊이 파서 겨울에 먹을 곡식을 미리미리 조금씩 모아 두는 창고거든요."

"곡식을 모아 놓은 집이라. 겨울을 나기 아주 좋은 방법이구나. 그곳이 털리면 버들숲 사람들에겐 아주 큰일이겠어."

흰달이 끼어들어 말을 보탰다.

"어쩌면 아직 못 봤을지도 몰라요. 마을이랑 조금 떨어져서 깊숙한 곳에 있는 데다 짚단이랑 나뭇가지 같은 것들을 움집 겉에 삥 둘러놓거든요."

"그럼 그곳으로 가자. 하늘나무 쪽으로 가는 것보다는 뒤로 들어가는 것이 나을 것 같다. 너희가 앞에서 길을 알려주렴."

"네!"

두실과 흰달은 산 밑을 따라 마을 안쪽으로 조금 더 들어간 뒤 비탈길을 따라 아래로 내려갔다. 조금 뒤 벼락치 아저씨가 앞으로 나섰다. 곡식 창고가 보이기 시작한 것이다. 벼락치 아저씨는 좀 더 빠르게 움직이기 시작했고 뒤따르던 사냥꾼 모두 달렸다.

몸을 낮춘 채로 숲속을 달리는 것은 쉽지 않은 일이었다. 늘어진 나뭇가지에 살갗이 긁혔고 풀잎을 엮어 만든 신발을 뚫고 들어온 뾰족한 돌멩이에 발바닥이 찍히기도 했다. 그래도 달렸다. 어떤 고통도 마을이 통째로 사라지는 것보다는 나았다. 두실은 앞서 달리는 사냥꾼들을 보며 생각했다.

'버들숲 마을을 지켜야 해. 아버지와 어머니가 이룬 곳이야. 내가 태어나 자란 곳이야. 내가 살아갈 곳이야. 사냥꾼이 아니라 더한 것이 되어도 이곳만은 지켜야 해.'

드디어 곡식 창고 앞에 다다랐을 때였다. 마을 쪽에서 "끼야

악!" 비명이 나고 불길이 솟아오르는 게 보였다. 불을 지른 모양이었다.

"안 돼!"

두실은 저도 모르게 큰 소리를 내고 말았다. 흰달이 얼른 두실을 잡아끌어 앉혔다.

"쉿!"

두실은 고개를 끄덕였지만 가슴속에서 일렁이는 불길은 쉬이 사그라지지 않았다.

벼락치 아저씨가 등에 메고 있던 꾸러미를 풀어 놓자 활과 화살이 와르르 쏟아졌다.

"자, 두실이가 만들어 온 활과 화살이다. 우리가 뛰어들거든 버들숲 사냥꾼들에게 이걸 나누어 주어라."

벼락치 아저씨가 사냥꾼들과 함께 하늘나무 쪽으로 달리기 시작했다. 두실과 흰달, 가람비도 활을 들고 양옆으로 갈라져 뛰었다. 도둑 떼들은 움집마다 불을 놓느라 정신이 없었다. 벼락치 아저씨가 짐승처럼 소리치며 앞으로 달려 나가 창을 던지기 시작했다. 하늘나무 아래 몸이 묶인 채 무릎을 꿇고 있던 버들숲 사람들이 그 모습을 보고 어리둥절한 얼굴이 되었다. 두실의 눈에 고개를 숙이고 있는 바우 형이 들어왔다.

"바우 형! 바우 형!"

바우가 고개를 들었다. 그리고 자리에서 벌떡 일어나 사람들을 지키고 서 있던 놈에게 몸을 날려 그놈을 쓰러뜨렸다. 흰달이 활을 쏘았고 그놈의 다리에 화살이 박혔다.

"으으아아악!"

비명에 불을 놓던 도둑 떼들의 눈길이 하늘나무 아래로 몰렸다. 흰달은 가지고 온 활과 화살을 바닥에 흩뿌리고 활을 쏘며 달려 나갔다. 그 사이 두실은 바우에게 뛰어가 몸에 묶인 줄을 끊어 냈다. 바우가 두실에게 건네받은 활을 들었다. 가람비 역시 사람들에게 활을 나누어 주던 참이었다.

두실은 마을 사람들의 몸에 묶인 줄도 끊어 내었다. 정신없이 사람들 틈을 오가다 문득 어머니와 눈이 마주쳤다.

"두실아!"

"어머니! 어서 피해 계셔요. 곡식 창고로 도망치세요. 어린 애들도 데리고, 어서요!"

"오냐, 알았다!"

두실은 아까 만들었던 돌멩이 무기를 여자와 아이들에게 나누어 주었다. 돌멩이를 받아 든 사람들은 도둑 떼가 가까이 오려 하면 힘껏 집어 던지며 도망쳤고 그 뒤로 곰치와 돌매 아저씨가 따라붙어 도둑 떼가 더는 따라가지 못하게 막았다.

여기저기에서 도둑 떼들이 툭툭 튀어나와 득달같이 달려들었다. 벼락치 아저씨는 활을 쏘며 도둑들을 위협했고, 맞붙어 싸우기도 했다. 버들숲 마을 곳곳이 비명과 울음으로 들끓었다.

두실이 몸을 돌려 가람비 쪽으로 다가서려 할 때였다. 누군가 가람비 쪽으로 창을 들고 달려오는 게 보였다. 하필 두실이 가람비의 왼편에 서 있을 때였다. 아무리 소리쳐도 가람비에게 들릴 것 같지 않았다.

'안 돼!'

두실은 재빨리 화살을 끼우고 앞으로 달려 나가며 활을 쏘았다.

'가람비에게 알려야 해!'

슈우욱, 탁! 화살은 가람비를 스쳐지나 오른쪽 바닥 앞으로 꽂혔다. 흠칫 놀란 가람비가 고개를 돌렸다. 두실과 눈이 마주쳤다. 두실은 다시 화살을 끼우며 있는 힘껏 소리쳤다.

"뒤에에에에에!"

가람비가 돌아서는 사이 창이 날아들었다. 그 순간, 탁! 커다란 돌멩이 하나가 창을 치고 사라졌다. 한 아이가 두실이 주었던 돌멩이 무기를 다시 끌어당기고 있었다. 가람비가 고맙다는 인사를 하기도 전에 아이는 다시 어딘가로 뛰었다.

두실은 가람비를 지나쳐 창을 던진 놈에게 더 가까이 뛰었고 활을 쏘았다. 맞춘 것인지 아닌지 몰랐지만 그놈은 다른 쪽으

로 몸을 휙 돌려 달아나기 시작했다. 그 뒤에 창을 들고 바짝 쫓는 바우 형이 보였다.

"괜찮아?"

두실의 물음에 가람비가 얼이 빠진 얼굴로 고개를 끄덕였다.

"네 화살이, 네가 만든 무기가 날 살렸어. 고마워."

두실은 뿌듯함에 눈물이 날 것 같았지만 얼른 마음을 추슬렀다. 그리고 바닥에 떨어진 화살을 주워 모아 사냥꾼들에게 가져다주었다.

그 사이 흰달은 바우 형과 함께 창을 던지고 화살을 쏘았다. 제 팔에 화살이 스쳐도, 제 발밑에 창이 꽂혀도 움츠러들지 않고 싸우고 또 싸웠다.

"으으아악!"

어디선가 괴성이 울렸다. 벼락치 아저씨와 곰치 아저씨가 한 남자를 향해 활을 쏘았다. 덩치가 아주 큰 사람이었다. 그 사람이 쓰러지자마자 다른 도둑 떼들이 주춤주춤 뒤로 물러나고 여기저기로 흩어졌다.

벌겋게 타오르던 움집의 불이 모두 꺼지고 어둠이 깔리기 시작한 시간, 강가로 몰린 도둑 떼들이 강물로 뛰어들었다. 저들이 타고 온 배가 모두 사라졌다는 걸 안 도둑들은 고래고래 소리를 지르고 악담을 퍼부으며 시커먼 강으로 들어갔다.

강을 건널 수 있다면 목숨을 부지하겠지만 쉬운 일은 아닐 것이다. 강 너머 풀숲에 어떤 맹수가 기다릴지 알 수 없을 테니 말이다.

버들숲 마을 사람들과 갈대 마을 사냥꾼들은 올곧게 서서 그 모습을 지켜보았다. 더는 이곳에 발을 들이지 말라는 가장 강력한 경고장이었다.

12. 사냥꾼 두실

　어스름한 버들숲 마을 가운데로 사람들이 달리는 소리가 들렸다. 강을 바라보며 서 있던 두실이 돌아서자 저만치에서 달려오는 어머니가 보였다.

　"어머니!"

　두실은 어머니에게 달려갔다.

　"두실아, 두실아!"

　두실을 끌어안은 어머니가 눈물을 뚝뚝 흘리며 말했다.

　"아이고, 감사합니다. 감사합니다……."

　어머니의 온몸이 벌벌 떨리는 게 느껴졌다. 두실은 어머니의 등을 부드럽게 토닥였다.

"어머니, 저 괜찮아요. 하나도 안 다쳤어요. 진짜 멀쩡해요."

어느새 곁으로 다가온 벼락치 아저씨가 거들었다.

"두실이 덕분에 버들숲 마을을 지킬 수 있었습니다. 두실이가 만든 활이 아니었다면 어림도 없었을 겁니다. 정말 훌륭한 아들을 두셨어요. 고맙습니다."

어머니가 눈물을 닦아 내고 허리를 숙여 인사했다.

"저희야말로 고맙습니다. 이렇게 다른 마을을 위해 싸워 주시다니, 어찌 감사를 드려야 할지 모르겠어요."

버들숲 사람들 모두 한마음으로 갈대 마을 사냥꾼들에게 고개를 숙였다.

그날 밤, 사람들은 불타지 않은 움집에 삼삼오오 모여 잠을 청했다. 마을을 다시 세우려면 여러 날이 필요할 터였다. 우선은 다친 사람들을 보살피고 목숨을 잃은 사람은 다음 날 장례를 치르기로 했다. 고통과 희망이 얼룩진 길고 긴 밤이었다.

해가 떠올랐다. 사람들이 하늘나무 아래에 모였다. 벼락치 아저씨와 밤새 이야기를 나눈 곰치 아저씨는 버들숲 마을과 갈대 마을이 형제가 되어 서로 도우며 살자고 말했다. 모두 한마음으로 반겼다.

돌아가신 분의 장례는 그 가족이 원하는 곳에서 치렀다. 어떤 이는 강을 바라보는 곳에, 어떤 이는 하늘나무 아래 묻혔다. 버들숲 사람들은 무덤을 지나칠 때마다 그와 함께했던 시간을 추억할 것이다. 고통스러운 순간조차 삶의 한 부분인 걸 버들숲 사람들은 이미 아는 터였다.

두실이 하늘나무를 올려다보며 서 있는데 돌매 아저씨가 다가왔다.

"두실아, 정말 고맙다. 네 덕분에 바우도 무사하고 우리 마을도 이렇게 지켜 낼 수 있었잖니."

헛기침을 몇 번 하던 돌매 아저씨가 낮은 목소리로 말했다.

"그리고 지난번엔 미안했다. 네 아버지가 널 부끄러워했을 거라는 말…… 내가 큰 실수를 했으니 용서해라. 누가 뭐래도 넌 버들숲 마을에 꼭 필요한 사냥꾼이다."

두실은 얼떨떨한 마음을 누르고 고개를 꾸벅 숙였다.

"고맙습니다."

돌매 아저씨가 두실의 어깨를 톡톡 두드리더니 강가로 갔다. 두실과 흰달, 가람비는 도움이 필요한 곳을 돌아다니느라 정신없이 바쁜 하루를 보냈다.

늦은 오후, 어머니가 두실을 조용히 불렀다.

"다행히 이것이 무사하더구나."

어머니가 내민 것은 두실이 얼마 전 새로 만든 목걸이였다. 아버지 무덤에 놓아 드리려 했는데 벼락치 아저씨께 줄 활을

만드느라 그만 잊고 있었다. 갑자기 눈물이 핑 돌았다.

'아버지도 다 보고 계셨을까?'

두실 곁으로 흰달과 가람비가 다가왔다.

"우와, 목걸이네?"

가람비의 물음에 두실은 얼른 눈물을 훔쳐 냈다. 흰달이 두실의 어깨에 팔을 둘렀다.

"사냥꾼 두실님, 지금 가고 싶은 곳이 있으실 것 같은데요?"

두실이 버들산으로 눈길을 돌렸다.

"같이 가줄래?"

"그럼!"

"당연하지!"

아이들이 버들산으로 달리기 시작했다.

버들산 중턱, 풀숲을 지나 바위 하나를 돌자 강가를 바라볼 수 있는 자리에 돌무덤 하나가 나타났다. 두실은 헐떡이는 숨을 고르며 무덤 앞에 섰다.

"아버지, 저 왔어요!"

곧이어 흰달이 소리쳤다.

"큰뫼 아저씨! 저도 왔어요, 흰달이요!"

흰달과 눈이 마주친 두실이 활짝 웃었다.

"안녕하세요, 저는 가람비예요!"

숨을 헐떡이던 가람비도 큰 소리로 인사하더니 말을 이었다.

"아저씨, 그거 아세요? 두실이 덕분에 우리 마을 아이가 살았어요. 두실이 덕분에 버들숲 마을이 전투에서 이겼어요! 두실이가 만든 활이랑 화살은 정말 끝내주거든요!"

"맞아요, 아저씨! 사람들이 다 사냥꾼 두실이라고 불러요. 어때요, 멋지죠? 이제 걱정 하나도 안 해도 되겠죠?"

가람비와 흰달의 말에 두실은 가슴이 울컥댔다. 곧 흰달이 우뚝 서 있는 두실의 옆구리를 쿡 찔렀다.

"뭐해? 어서 드려야지."

두실은 몇 걸음 앞으로 나섰다. 돌무덤 가운데 활을 꽂아 세운 뒤 목에 걸고 있던 목걸이를 빼내어 활에 걸었다.

"아버지, 이제 마음껏 자랑하세요. 누구 눈치도 보지 말고 마음껏 자랑하세요……."

두실이 고개를 푹 숙이자 흰달과 가람비가 다가와 어깨를 다독였다.

조금 뒤, 가람비가 명랑한 목소리로 말했다.

"나 진짜 좋은 일 생겼는데 말해 줄까, 말까?"

눈물을 닦아 낸 두실이 뒤돌아봤다. 흰달도 그 옆에 자리를 잡고 섰다.

"나, 정식으로 사냥꾼이 되었어!"

두실이 놀라 되물었다.

"뭐? 어떻게?"

"갈대 마을 사냥꾼들이 서로 얘기를 나눴거든. 여자가 사냥꾼이 되지 말란 법이 어디 있냐고. 아무도 하지 않았다고 해서 하면 안 되는 일이 아니다, 가람비도 사냥꾼이 될 수 있다! 땅땅땅! 그러니 이제 나는 마음껏 사냥터를 누비겠다는 말씀! 너희들, 앞으로 내 사냥감 건들면 가만두지 않을 거야, 알겠어?"

가람비가 짐짓 엄한 표정을 지으며 두 눈을 치켜떴다. 그러고는 양손을 허리에 얹고 산 아래를 향해 힘껏 외쳤다.

"나는, 사냥꾼, 가람비다아아아!"

지지 않겠다는 듯 흰달이 입을 떡 벌렸다.

"나는, 사냥꾼, 흰달이다아아아아!"

가람비와 흰달이 두실에게 눈짓을 보냈다. 두실은 고개를 들어 하늘을 올려다봤다. 저 위에서 아버지가 모든 걸 지켜보실 거라는 생각이 들었다.

두실은 힘껏 외쳤다.

"나는 사냥꾼 두실이다아아아아아아!"

성에 차지 않았다. 앞으로는 모든 걸 새롭게, 스스로 정할 것이다.

"나는 그냥 두실이다아아아, 나는 그냥 나다아아아아!"

눈을 마주친 세 아이가 푸하하 웃음을 터트렸다.

휘익휘익, 바람이 불었다. 아이들의 웃음소리가 그 바람을 타고 버들숲 마을 위로 날아올랐다.

봄비가 추적추적 내리던 어느 날, 서울 암사동 유적지를 방문한 적이 있습니다. 박물관에서 사람 얼굴 모양으로 구멍이 뚫린 조개껍데기를 보았지요. 밖으로 나와 움집도 보고 체험장 이곳저곳을 둘러보며 신석기 시대 사람들에 대해 한참 생각했습니다. 비에 젖은 흙냄새, 바람 따라 팔랑이던 나뭇잎들, 곳곳에 동상으로 구현된 신석기인들. 《사냥꾼 두실》은 그날의 기억에서 출발했습니다.

한동안 '신석기 시대 어린이들은 어떤 고민이 있었을까'에 마음이 머물렀습니다.

신석기 혁명이라고 불리는 '농사'가 시작되었지만 수렵, 채집 활동은 여전히 중요한 일이었고, 맹수들로부터 자신과 가족을 지키는 일 또한 중요했을 겁니다. 그런 사회에서 어린이들은 무엇을 하며 지내고, 어떤 꿈을 꾸었을까요?

우리의 주인공 두실이는 사냥보다 만들기에만 관심이 있는 어린이입니다. 부모나 사회가 만든 규범 속에 답답해하며 자존감을 잃어버리지요. 스스로 무언가를 원하고 꿈꾸기 전에 다른 사람이 만들어 놓은 목표 때문에 스트레스를 받고요. 그 목표는 충분히 의미 있고 중요한 일이지만 두실이가 원하는 것은 아니었어요. 어떤가요? 신석기 시대의 두실과 현재의 우리. 크게 다른 고민을 하는 것 같지는 않네요.

우리 모두는 각기 다른 재능을 가지고 태어난다고 생각해요. 어떤 사람은 관찰력이 뛰어나고, 어떤 사람은 말을 잘하고, 또 어떤 사람은 달리기를 기가 막히게 잘하지요. 아주 작은 것이라 평소에 느끼지 못하더라도 누구나 하나쯤 그런 능력을 가지고 있을 거예요. 두실이가 만들기에 재능이 있었던 것처럼요. 물론 두실이는 만들기를 너무나 좋아했고, 노력했습니다. 그 덕분에 결국은 사람들에게 인정받았고, 원하는 것을 얻을 수 있게 되었어요. 만약 두실이가 만들기에서 영영 손을 떼었다면 물물교환으로 고기를 얻거나 위험에 빠진 버들숲 마을을 지켜내지 못했을 거예요. 좋아하고 잘하는 일이라도 끈기가 중요하다는 생각이 드네요.

《사냥꾼 두실》의 시작점인 단편 〈사냥꾼 두실〉은 저에게 매우 특별한 작품입니다. MBC창작동화 대상을 받으며 세상에 처음 선보인 이야기이기 때문이에요. 10년 만에 두실이 이야기를 좀 더 풍성하게 꾸며 보았는데요, 먼저 제안해 주신 마루비 출판사에 깊은 감사를 드립니다. 더불어 너무나 아름다운 그림으로 이야기를 빛내 주신 임나운 화가님께도 감사드려요.

약 1만 년 전 어린이의 이야기가 여러분에게 생생하게 닿았으면 좋겠습니다. 두실이가 지금 세상을 본다면 뭐라고 할까, 지금의 어린이들에게 어떤 이야기를 해주고 싶을까 상상해 보는 것도 좋겠네요. 스스로 모든 것을 새롭게 정하리라 다짐했던 두실이처럼, 어딘가에서 꿈을 위해 한 걸음 한 걸음 나아가고 있을 모두를 응원합니다.

2025. 1
지슬영